칸다하르

칸다하르

2002년 3월 10일 초판 1쇄 발행
2006년 4월 13일 초판 2쇄 발행

펴낸곳 (주)도서출판 **삼인**

지은이 모흐센 마흐말바프
편역자 정해경
펴낸이 신길순
부사장 홍승권
편집장 최인수
편집 양경화 강주한
마케팅 이춘호
관리 심석택
총무 서민아

등록 1996.9.16. 제10-1338호
주소 121-837 서울시 마포구 서교동 339-4 가나빌딩 4층
전화 (02) 322-1845
팩스 (02) 322-1846
E-MAIL samin@saminbooks.com

표지디자인 (주)꼬레어소시에이츠
출력 문형사
인쇄 대정인쇄
제본 성문제책

ISBN 89-87519-63-5 03800

값 7,000원

간다하르

모흐센 마흐말바프 지음 / 정해경 편역

삼인

차례

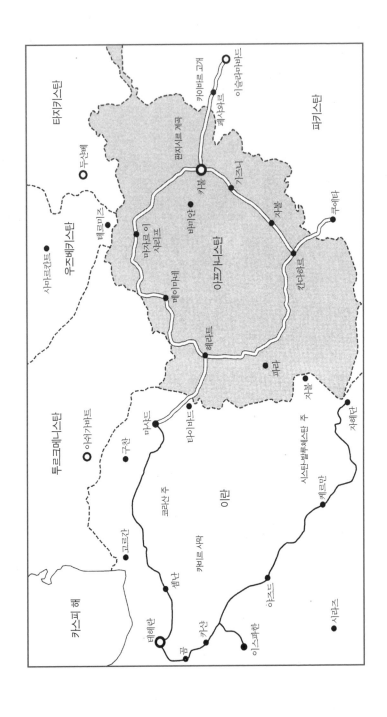

'동정 없는 세계'에 던지는 질문

아프가니스탄에서 전쟁은 어제오늘의 일이 아니다. 30년 가까이 계속된 전쟁은 한 세대의 사람들을 전쟁 외에는 아무것도 모르는 '전쟁 기계' 혹은 전쟁의 희생자로 만들어 버렸다. 전쟁은 그들에게 그 자체로 곧 삶의 조건이 되어 버렸다. 그들은 전쟁에 익숙해지고, 그것이 가져온 불행에도 익숙해졌다. 그리고 세계의 무관심에도 익숙해져 있었다. 그런데 갑자기 변했다. 탈레반의 고향이며 그들의 정신적 지도자의 실제 고향이기도 한 도시 칸다하르는 세계의 신문에 뉴욕만큼 자주 등장하게 되었고, 텔레비전 뉴스가 '이해를 돕기 위해' 친절하게 보여주는 3차원 버추얼 리얼리티는 마치 아프간 폭격을 컴퓨터 시뮬레이션 게임처럼 여겨지게 했다. 단순하게 도식화된 그림은 아프가니스탄의 지형, 주요 군사 기지, 전력, 병력을 알기 쉽게 보여주었다. 보여주지 않은 것은 단 하나, 인간이었다.

보여주지 않은 것은 또 있다. 실제로 공격당하는 것은 '합의된' 공격 목표인 알 카에다가 아니라 맨발로 사막과 돌산을 이리저리 도망 다니는 어린아이들이라는 것을. 미국의 레이저와 위성으로

7

정밀 유도되는 '영리한 폭탄'은 멍청하게도 목표를 빗나가는 경우가 더 많고, 그에 앞서 처음부터 공격 목표가 잘못 설정되어 있는 경우도 허다하다는 사실도. 공격은 벼랑 끝에 선 사람들에게 손을 내밀기는커녕 그들을 한꺼번에 벼랑 아래로 밀어 버린 것이다.

인간이 빠져 버린 '진실'은 진실이 아니다. 우리들은 너무 편하게, 너무 자주 이 사실을 잊는다. '반테러 전쟁'이라는 명분에 의해 검열된 반쪽 짜리 '진실'이 진실일 수 없는 것은 거기에 인간의 죽음조차 풍경으로 만들어 버리는 폭력이 내재되어 있기 때문이다. 간혹 들려오는 '전쟁 반대'의 외침에도 때때로 공허함이 느껴지는 것은 정작 거기에 "5분마다 한 사람씩 죽어 가는" 아프간 사람들의 고통에 대한 공감의 토대가 생략되어 있기 때문이다. 최근까지의 어떤 뉴스도, 어떤 능숙한 기자도 전해 주지 않았던 아프간의 진실을 여기 한 영화 감독이 우리 앞에 펼쳐놓는다. 그는 진실이란 책이나 뉴스가 전해 주는 정보들에 있지 않고 '지뢰밭' 속에 있다고 믿는 사람이다. 그는 그곳으로 들어가 자기가 보고들은 것을 기록한다. 아프간의 처참한 현실과 '대지의 저주받은 사람들'의 운명이 하루빨리 과거의 역사로 남겨지기를 바라면서. 그의 고투 앞에서, 아프간과 우리 사이의 '거리'에는 공감이 불가능하다고 믿는 우리들의 허위 의식은 도전받는다.

이 책은 우리에게는 아직 낯선 이름인 이란 출신의 영화 감독 모흐센 마흐말바프의 보고서 「아프가니스탄의 불상은 파괴된 것이 아니라, 치욕스러운 나머지 무너져 버린 것이다」를 골간으로 해서 만들어진 것이다. 그 글에서 아프간의 비극적인 현실을 바라보는 그의 시선은 차라리 건조하다. 절정에 오른 비극은 어떤 수사도 필요로 하지 않는 탓이리라. 마흐말바프는 팔레비의 폭정과 시민 혁명, 그리고 이라크와의 전쟁을 경험했고, 그 경험은 작가로서 또 감독으로서 한 인간을 단련시켰다. 권력과 혁명과 전쟁의 리얼리즘을 통찰하고 있는 사람의 목소리는 들뜨지 않고 한결같다. 그리고 무엇보다 따뜻하다. 이유는 그가 말하려는 중심에는 눈앞에 펼쳐진 현실이 아니라 그 현실을 견디어 내면서 어떻게든 굴복하지 않고 살아가려 안간힘을 다하는 사람들이 자리잡고 있기 때문이다. 그의 글의 출발점도 그것이었고, 목표도 그것이었다. 살아가야 할 가치를 갖지 못한 것처럼 보이는 사람들에게도 엄연히 존재하는 '살아야 할 이유'를 찾아가는 여정에서 씌어진 그의 글은 그리하여 단순하고 힘차며 아름답다.

먼길을 돌아온 사람만이 아는 비밀을 간직한 듯한 그의 글은 현실적인 휴머니즘이 어떤 것인지를 보여준다. 어떠한 고귀한 주의도 이데올로기가 되는 순간 공허해지는 것과는 달리, 그의 휴머니즘은 휴머니즘이란 말을 앞세우지 않으면서도 너무나 인간적이다. 어쩌면 이것은 자신의 첫 영화를 만들기 전까지 영화라고는 한 번도 본 적이 없었던 그의 독특한 이력과도 연관이 있을 것이다. 십대의 이슬람 투사였던 그는 오히려 영화에 대해 지독한 반감을 가지고 있었는데, 어느 땐가는 그의 어머니가 영화관에 다녀왔다는 이유로 한동안 어머니와 말을 하지 않았다는 일화가 있을 정도였다. 17세에 구속된 후 이란 혁명 직후 4년 반 만에 풀려난 이후에야 그는 국가 선전 영화 기관을 세우는 일에 참여하게 된다. 영화 감독으로 변모한 이후 그가 만든 초기작들은 그러나 이슬람 원리주의적 세계관을 보여주는 것들로서 압바스 키아로스타미의 서정적이고 시적인 영화 스타일과 대조되어 신랄하고 히스테리컬하며 심지어 반휴머니즘적이라는 평을 받았다. 하지만 1980년대 후반을 계기로 그의 시선은 따뜻하고 부드러워진다. 물론 그의 관심은 언제나 노순변 사회 현실과 그 속에서 소외된 사람들에 맞추어져 있었다.

영화 「칸다하르」에서 오직 양심의 절실한 요구에 이끌린 이 영화 감독은 한 여성의 눈을 통해 아프가니스탄으로 향하는 여행을 시작한다. 이 영화는, 어릴 적 아프간을 떠나 캐나다에 살고 있던 나파스라는 여성이 탈레반 정권의 억압 아래 마침내 삶의 의미와 의지를 잃어버린 여동생을 살리기 위해 고향 칸다하르로 돌아가는 이야기이다. 영화의 처음과 마지막 장면에서 클로즈업되는, 바깥 세계와 얼굴을 차단한 부르카, 그 속으로 비치는 햇살이 만들어 낸 그림자는 감옥의 창살을 떠올리게 한다. "나는 아프간 여자들이 갇힌 감옥에서 도망쳐 나왔지만 이제 다시 그 감옥의 포로가 된다. 나의 동생 오직 너를 위하여……" 아프간으로 들어가는 초입에서 되새기는 나파스의 독백이다. 자신을 위해 죽음의 땅을 기어이 찾아오는 누군가가 있음으로 하여 생의 의미를 잃어버린 사람이 다시 살아야 할 이유를 발견할 수 있다면……

여성이 집 안에 갇히거나 사육되는 양과 같이 살아야 하는 곳이라면 남성들의 삶이라고 해서 더 나을 것도 없을 것이다. 어릴 적부터 칼과 총의 '교리 문답'으로 세뇌당한 남성들은 전쟁 도구로 소모될 뿐이다. 마음과 정신을 불구로 만드는 종교는 더 이상 인간 구원의 종교가 아니라 폭력의 또 다른 이름이다. 일상이 되어 버린 폭력 앞에서 개인은 더 이상 진정으로 누구의, 누구를 위한 편도 될 수 없으며 오직 자기 생존의 욕구에 매달릴 수밖에 없다.

전쟁과 무차별 공습이 적극적인, 직접적인 폭력이라면 우리의 무관심은 그 폭력에 길을 내어 주는 또 다른 이름의 폭력이다. 이 두 가지 폭력은 서로에게 영향을 주며 악순환을 거듭한다. 아프간 사람들은 너무나 오랜 시간에 걸쳐 이 이중의 폭력에 의해 희생당해 왔다. 9 · 11 테러로 목숨을 잃은 사람들도 분명 폭력의 희생자들이다. 뉴욕의 희생자들과 아프간의 희생자들간에 다른 점이 있다면 '애도의 이코노믹스'에서 볼 때 전자의 경우 그 이름들이 하나하나 불리어지고 기억될 때(가히 전세계적으로), 후자는 다른 세계로부터 철저히 외면당한 채 숫자로만 기억된다는 사실이다. 사람이 끝까지 침묵할 때 돌들이 일어나 소리 지를 것이라고, 2천 년 전 식민지 팔레스티나를 뜨겁게 살다가 십자가에서 처형당한 남자가 말했다던가. "아프가니스탄의 불상은 파괴된 것이 아니라", 인간의 현실이 너무나 처참함에도 불구하고 철저한 침묵을 지속하는 이 세계가 너무도 "치욕스러운 나머지 무너져 버린 것이다"라는 마흐말바프의 증언이 고발하고 있는 것은 바로 우리들의 무관심이다.

명목은 '테러와의 전쟁'이었지만, 실상은 미국이 시작한 전쟁이 테러와 무관한 아프간 민중에 대한 또 다른 테러였음은 이미 여러 비판적인 지식인들의 글에서 지적된 바 있다. 아프간 민중을 탈레반이나 알 카에다와 동일시한 것은 미국을 미국 시민과 동일시한 것과 평행선을 달린다. 반이슬람주의는 모든 아프간인을 적으로 삼고 반미주의는 미국에 사는 모든 사람을(미국 시민뿐 아니라 그곳에 사는 제3국인들까지도) 적으로 삼기 십상이다. 실체가 없는 이데올로기는 증오의 대상을 필요로 한다. 보이지 않는 적을 상대로 폭력을 행사할 수는 없으니까. 폭력의 주체는 쉽게 드러나지 않는데 희생자들의 모습은 너무나 생생하다. 모든 불행이 개별적이고 구체적이듯이.

마흐말바프의 글이 어쩔 수 없이 추상의 차원에서 집단의 비극을 보여준다면, 영화는 개개인의 살아 있는 고통을 재현한다. 영화 「칸다하르」와 그가 쓴 보고서 「아프가니스탄의 불상은 파괴된 것이 아니라, 치욕스러운 나머지 무너져 버린 것이다」는 그런 의미에서 상보적이다. 영화 속에서 지금까지 숫자로 환원된 채 상기되지 않았던 희생자들은 되살아나 우리에게 말한다. 폭력이 앗아간 것은 인간의 생명이며(우리외 다를 바 없이 존귀한), 그들의, 그리고 우리의 인간다움이라는 것을. 폭력의 희생자들은 영원히 기억되어야 한다. 그러나 뉴욕의 희생자들도 아프간의 희생자들도 자신들의 죽음이 타인들에 대한 증오를 불러일으키는 데 이용되기를 바라지 않을 것이다. 그들의 희생을 헛된 것으로 만들지 않는 유일한 길은 우리 스스로 우리 안에 잠자고 있는 휴머니즘을 일깨워 바로 지금 여기서 폭력을 멈추게 하는 것이다. 마흐말바프의 글과 영화가 전하려는 메시지는 바로 이것이 아니었을까. 끝으로 그의 동의를 얻어 이 책의 제목을 국내에도 곧 상영될 영화 「칸다하르」와 동일한 것으로 붙였음을 밝힌다. 원래의 긴 제목보다 독자들에게 더 친숙히 다가갈 수 있지 않을까 하는 고려에서였다.

「칸다하르」 시사회를 보고 난 오후 대학로에서
편역자 씀

아프가니스탄의 불상은 파괴된 것이 아니라,
치욕스러운 나머지 무너져 버린 것이다

당신이 이 글을 주의 깊게 읽는 데는
아마 한 시간쯤 걸릴 것입니다.
바로 그 한 시간 동안 14명이
아프가니스탄에서 전쟁과 기아로 죽어 가고
다른 60명은 아프가니스탄을 떠나 난민이 됩니다.
이 글은 이 비극과 죽음과 기아의 이유에 대해 쓴 것입니다.
이 고통스런 이야기가
당신 개인의 행복과 상관없는 것이라 생각되면
이 글을 읽지 마십시오.

아프가니스탄에 대한 세계 공동체의 인식

2000년 나는 한국의 부산국제영화제에 참석했을 때 다음 영화의 주제가 무엇이냐는 질문에 "아프가니스탄"이라고 대답했다. 그러자 바로 "아프가니스탄이 뭡니까?"라고 물어 왔다.

왜 그럴까? 왜 한 나라가 한국과 같은 아시아권 사람들이 들어본 적도 없을 정도로 완전히 잊혀져 버렸단 말인가? 이유는 분명하다. 아프가니스탄은 오늘날 세계에서 긍정적인 역할이라고는 아무것도 하지 않기 때문이다. 세계적으로 알려진 우수한 제품이 있는 것도 아니며 학문적 업적이나 예술적 성취를 이룬 것도 아니다.

한편 미국과 유럽, 중동에서는 상황이 달라서 그곳에서 아프가니스탄은 특별한 나라로 통한다. 그러나 이 특별함에는 긍정적인 함의가 없다. 아프가니스탄이라는 이름을 들으면 사람들은 바로 밀수, 탈레반, 이슬람 원리주의, 러시아와의 전쟁, 그리고 오랜 기간의 내전을 연상한다.

이런 주관적인 이미지에서 평화나 안정, 발전의 흔적은 찾아볼 수 없다. 그곳으로 여행하고 싶다는 사람도 투자를 하겠다는 사람도 없다.

그렇다면 왜 아프가니스탄은 잊혀져서는 안 되는 걸까? 아프가니스탄은 마약 생산국으로, 또 거칠고 공격적인 원리주의자들이 여성을 베일로 완전히 덮어 버리는 나라로 묘사될 정도로 그 명예가 추락했다.

거기에다 바미얀(Bamian)에 있는 세계 최대의 불상 파괴 사건은 전세계의 분노를 불러일으켰고, 곧 모든 예술가와 문화인이 불상을 지키기 위해 나섰다. 그러나 왜 전 UN 고등판무관 오가타 사다코(緖方貞子)를 제외하고는 아사에 직면한 백만 명 아프가니스탄 인들에 대해 슬퍼하는 사람이 없는 것일까? 왜 아무도 이들이 죽어 가는 이유에 대해서는 언급하지 않는가? 왜 모두들 불상이 파괴된 것에 대해서는 소리 내어 슬퍼하면서도 기아로 죽어 가는 아프간 인들을 구하는 일에 대해서는 침묵하는가? '현대' 세계에서는 인간보다 불상이 더 소중한 것인가?

나는 아프가니스탄을 여행하면서 그들의 실상을 목격했다. 영화감독으로서 나는 13년의 간격을 두고 아프가니스탄에 관한 영화를 두 편 만들었다.(1988년 「사이클리스트 The Cyclist」와 2001년 「칸다하르 Kandahar」) 작업을 하는 동안 영화에 필요한 자료를 수집하기 위해 1만 페이지 분량의 책과 문서를 읽었다. 때문에 나는 세계 사람들이 가지는 이미지와는 다른 어떤 이미지를 갖게 되었다. 그것은 매우 복잡하고 다면적이고 비극적인 그림이지만, 한편으로는 뚜렷하고 긍정적이고 평화로운 아프간 사람들의 이미지이기도 하다. 그것은 우리가 망각하거나 억압하는 대신 관심을 쏟아야 할 이미지이다. 슬프게도, 사디(Sa'di)[1]의 유명한 시구 "모든 인간은 한 몸의 일부"라는 말은 시인의 정신은 사라진 채 UN 정문 위에 공허한 말로만 남아 있을 뿐이다.

아프가니스탄에 대한 이란 인들의 인식

아프가니스탄에 대한 이란 인들의 인식은 미국인, 유럽 인 그리

---

1) 이란의 시인. 샤이크 사디 쉬라즈(Shaikh Sa'di Shirazi), 본명은 무슬리-우딘(Muslih-uddin). 페르시아 고전 문학의 대표적 거장. 1194년 이란 쉬라즈에서 출생. 바그다드에서 수학하고 30년간 머무르면서 페르시아 시인으로, 작가로 명성을 얻었다. 1226년부터 1256년까지 유럽, 이디오피아, 현재의 중동 지역 대부분을 여행했다. 다마스커스에서 설교로 이름을 날린 후 예루살렘 근처의 사막에서 방랑 생활을 하다가 붙잡혀 트리폴리에서 강제 노역을 강요당했다. 절친한 친구의 도움으로 풀려나 그의 딸과 결혼했으나 다시 방랑 생활로 돌아갔다. 70세에 쉬라즈로 돌아와 1292년 그곳에서 생을 마감했다. 대표작인 「과수원」, 「장미원」은 여행과 그가 여행에서 만난 사람들에 대한 성격 묘사가 뛰어나며 다방면으로 그의 학식이 엿보이는 작품이다. 대부분 자전적인 내용이며 실생활에서 얻은 지혜가 쉽고 편안한 스타일로 표현되어 있다.―옮긴이.

고 중동인들이 가지는 이미지와 같다. 이란 인들은 아프가니스탄과 이웃하고 있기 때문에 테헤란 남부 사람들[2]과 지방 도시 노동자 계층 주민들은 아프간 인들에 호의적이지 않으며, 자기들의 일자리를 빼앗아 가는 경쟁자로 생각한다. 그들은 아프간 인들을 추방하도록 노동부에 압력을 넣는다. 한편 이란의 중산층은 아프간 인들을 하인이나 수위로 두면 믿을 만하다고 본다. 건축업자들은 아프간 인들이 이란 노동자보다 일도 잘하고 임금도 적게 요구한다고 여긴다.

이란 당국은 아프간 인들을 마약 밀매의 주범으로 보아, 밀매꾼들을 검거하고 모든 아프간 인들을 추방하면 단번에 마약 문제가 해결될 것이라고 믿는다. 이란의 의사들은 아프간 인들이 아프간 독감과 같은 전염병을 퍼뜨렸다고 본다. 그들은 이민 자체를 막을 수는 없다고 생각하기 때문에 아프가니스탄 내에서 예방 접종을 할 것을 권하면서 아프간 인들의 소아마비 예방 접종 비용을 부담하고 있다.

아프가니스탄에 대한 국제 사회의 태도

나라 이름과 관계되는 뉴스의 헤드라인은 항상 정확해야 한다. 언론을 통해 보도되는 한 나라의 이미지는 그 나라에 대한 사실과, 세계 사람들이 그 지역에 대해 가지고 있는 상상의 관념, 그리고 선별된 관념의 복합체이다. 만일 세계가 특정 지역에 관심을 갖게 되면 그 지역에 관한 뉴스를 만들어 관심의 근거가 무엇인지 알릴 것이다. 불행하게도 오늘날의 아프가니스탄에는 양귀비 씨 이외에는 특별히 관심을 끌 만한 것이 없다는 것이 내 생각이다. 따라서 아프가니스탄은 세계 뉴스에 등장한 적이 거의 없으며, 이 문제가 가까

---

2) 노동자, 저소득층이 주민의 대부분이다.—옮긴이.

운 시일 내에 해결되기는 어려울 것으로 보인다.[3]

만약 아프가니스탄에 쿠웨이트처럼 석유가 있다면, 사흘 내에 미국은 탈레반으로부터 그 땅을 다시 찾을 것이고 미군 주둔 비용은 석유에서 나오는 수입으로 충당될 것이다. 소련 철수 이전 아프간 인들은 공산주의 아래서 억압당한다는 이유로 서방 언론의 주목을 받았다. 소련이 후퇴하고 이어 해체되었는데, 왜 늘 인권을 외치는 미국이 교육과 사회 활동의 기회를 박탈당한 천만 여성들에 대해서, 또 이토록 많은 인명을 위협하는 가난과 기아에 대해서 아무런 조처도 취하지 않는가?

이유는 아프가니스탄이 그들이 기대하는 어떤 것도 제공해 주지 못하기 때문이다. 아프가니스탄은 수많은 남성의 가슴을 설레게 하는 아름다운 여성이 아니다. 불행하게도 오늘날 그녀는 병든 노파를 닮았다. 그녀에게 다가가려 하는 자는 누구나 죽어 가는 사람에게 드는 비용을 떠맡게 될 수밖에 없다. 그리고 우리 시대에는 "모든 인간은 한 몸의 일부"라는 사디의 말이 진정한 의미를 잃어버렸음을 알게 된다.

통계가 말하는 아프가니스탄의 비극

아프가니스탄에서는 지난 20년 동안 정확한 통계가 나오지 않았다. 모든 자료와 숫자는 상대적이고 근사치이다. 숫자에 따르면, 1992년까지 아프가니스탄의 인구는 2천만 명이었다. 지난 20년간 250만 아프간 인들이 살해당하거나 사망했다. 원인은 군사 공격, 기아, 의료 설비 부족이었다. 다른 말로, 매년 12만 5천 명, 혹은 매일 340명, 시간당 14명, 5분낭 1명이 살해당하거나 사망했다. 한편 몇 달 전 러시아 잠수함이 침몰했을 때 위성 방송이 그 사고를

---

3) 이 글은 뉴욕 테러 사건 이전에 씌어졌다.—옮긴이.

시시각각 방송하고, 불상이 파괴되는 소식을 논스톱으로 보도하면서도 지난 20년간 5분마다 한 명씩 아프간 인이 죽어 가는 사실에 대해서는 아무런 보도도 하지 않았다.

아프간 난민들의 숫자는 더 충격적이다. 비교적 정확한 통계에 따르면 아프가니스탄 이외 지역, 즉 이란이나 파키스탄에서 살아가는 아프간 난민의 수는 630만 명이다. 이 숫자를 일 년, 하루, 매시간, 매분으로 나누면 지난 20년간 일 분당 한 사람이 난민이 되었다. 이 숫자는 내전에서 살아남기 위해 북부에서 남부로, 남부에서 북부로 쫓겨다니는 사람들은 포함하지 않은 것이다.

나는 어느 나라도 사망으로 인구의 10퍼센트가 감소하고, 탈출로 인해 30퍼센트가 감소하고, 그러면서도 세계의 무관심 속에 방치된 예를 알지 못한다. 살해당하거나 아프가니스탄을 떠난 사람의 전체 숫자는 팔레스타인 전체 인구와 맞먹는다. 그러나 아프가니스탄과 같은 언어를 사용하고 국경을 이웃하고 있는 우리 이란 인들조차 그들에 대한 관심과 동정은 팔레스타인이나 보스니아에 대한 그것의 10퍼센트에도 미치지 못한다.

아프가니스탄에 입국하기 위해 국경을 통과할 때였다. 도그하룬 세관에 팻말이 하나 있었다. 입국자들에게 수상하게 보이는 물건에 가까이 가지 말라고 경고하는 팻말이었다. 지뢰를 말하는 것이었다. "아프가니스탄에서는 24시간마다 7명이 지뢰를 밟습니다. 오늘 혹은 내일 그들 중 하나가 되지 않도록 조심하십시오"라고 씌어 있었다. 나는 적십자 캠프에서 더욱 심각한 통계를 발견했다. 지뢰 제거 작업을 위해 아프가니스탄에 온 캐나다 인들이 상황이 너무나 처참한 것을 알고 절망해서 그냥 돌아가 버렸다는 것이다. 이 통계대로라면 아프가니스탄이 사람이 살 수 있을 만큼 안전한 곳이 되기 위해서는 앞으로 50년 동안 아프간 인들이 무리를 지어 지뢰를 밟아야 한다. 각 부족들이 다른 부족을 상대로 지뢰를 마구 설치해 놓았는데 나중에 있을 제거 작업에 필요한 지도나 계획 같은 것은 처음부터 없었다. 지뢰는 여느 전쟁에서처럼 군사 작전용으로 설치되지도 않았으며 평상시에 수거되지도 않았다. 한 국가가 자기 자신을 상대로 지뢰를 설치한 셈이다. 집중 호우 때는 지뢰가 지표면을 흐르는 물에 실려 떠내려가는 통에 안전했던 도로가 갑자기 위험 지대로 변하기도 한다.

이 통계는 아프가니스탄에서의 생활이 얼마나 위험한 것인지, 그리고 왜 사람들이 탈출할 수밖에 없는지를 보여준다. 아프간 인들도 자신의 상황이 위험하다는 것을 잘 알고 있다. 기아와 죽음에 대한 공포는 끊이지 않는다. 왜 아프간 인들은 탈출해선 안 되는가? 국민의 30퍼센트가 자기 나라를 떠난다는 것은 미래에 희망을 잃었다는 뜻이다. 남은 70퍼센트 사람 중 10퍼센트는 살해당하거나 사망하고, 나머지 60퍼센트는 국경을 넘지 못하거나 만약 넘는다 해도 이웃 나라들이 그들을 아프가니스탄으로 돌려보낼 것이다.

이런 상황 때문에 외국인들은 아프가니스탄으로 가는 것을 꺼린다. 마약상이 아닌 한 어떤 기업가도 그곳에 투자하려 하지 않으며, 외교 전문가들은 정작 아프가니스탄은 거치지 않고 서구의 여러 나라로 바로 날아가서 아프가니스탄 문제를 해결하려 한다. 이것이 아프가니스탄의 위기 해결을 더 어렵게 만든다. 현재 아프가니스탄에는 UN의 제재와 정정 불안에 대한 염려 때문에 공식적으로 세 나라[4]와 비공식적으로 두 나라의 전문가를 제외하고는 외교 전문가가 없다. 멀리서 정치적 추측만 무성할 뿐이다. 이것이 비극을 짊어진 채 세계의 무관심 속에 방치된 한 국가의 위기 상황을 더욱 모호하게 만든다.

나는 2만여 명의 남자, 여자, 어린이 들이 헤라트(Herat)시 곳곳

---

4) 파키스탄, 사우디아라비아, 아랍에미리트연합을 말한다. 그러나 2001년 9월 11일 이후 이들은 탈레반 공식 승인을 취소했다.—옮긴이.

에서 굶주려 죽어 가는 것을 목격했다. 그들은 더 이상 걸을 힘도 없어 다가올 죽음을 기다리며 길 위에 쓰러져 있었다. 최근에 발생한 기근 때문이었다. 같은 날 UN 난민 고등판무관 사다코 오가타는 이들을 찾아와 세계가 그들을 도울 것이라고 약속했다. 석 달 후 나는 이란 라디오에서 오가타 여사가 아프가니스탄의 아사자 숫자가 전국적으로 백만 명이라고 발표하는 것을 들었다.

나는 불상이 사람에 의해 파괴된 것이 아니라는 결론에 이르렀다. 그것은 수치심을 못 이겨 무너진 것이다. 아프가니스탄에 대한 세계의 무관심이라는 치욕감 때문이었다. 불상은 자신의 위대함이 아무런 소용이 되지 못함을 알고 무너져 내린 것이다.

타지키스탄의 두샨베에서 십만 명의 아프간 인들이 남부에서 북부로 맨발로 도망치는 장면을 보았다. 그것은 최후 심판의 날 같았다. 이런 장면은 세계의 어느 언론에서도 보도된 적이 없었다. 전쟁에 지치고 굶주린 어린이들은 맨발로 수십 킬로미터를 달려야 했다. 후에 이들은 국내의 적들에게 공격당하며 타지키스탄으로 피난하는 것도 거절당했다. 수천 명씩 아프가니스탄과 타지키스탄 사이의 무인 지대에서 죽어 갔는데 아무도 이들을 발견하지 못했다. 타지크 시인인 골록사르(Golrokhsar) 여사[5]가 말했다. "아프가니스탄이 가진 만큼의 슬픔으로 인해 이 세계의 누군가가 죽는다면 그것은 이상한 일이 아니다. 이상한 것은 이 슬픔 때문에 죽는 사람이 없다는 사실이다."

아프가니스탄, 이미지가 없는 나라

여러 이유로 아프가니스탄은 이미지가 없는 나라다. 우선, 아프

---

5) 타지키스탄에서 1947년 출생. 타지키스탄 대학에서 타지크 어와 페르시아 어문학 전공. 신문사 근무 경력이 있으며 시인, 작가로 활동.—옮긴이.

간 여성은 얼굴이 없다. 20만 인구 중 10만을 차지하는 여성은 눈에 띄지 않는다. 민족의 절반이 그 여성 자신들의 눈에도 보이지 않는 민족은 이미지가 없는 것이나 마찬가지다. 지난 몇 년 동안 텔레비전 방송이 전면 중단되었다. 두 페이지 짜리 흑백 신문이 샤리아트(이슬람 법), 히바드, 아니스(벗)라는 이름으로 사진 없이 글로만 채워져 나왔을 뿐이다. 이것이 아프가니스탄 언론의 전부이다. 회화와 사진은 종교적으로(이슬람법에 의해—옮긴이) 금지되었다. 이것이 왜 저널리스트들이 입국을 금지당하고, 설령 입국한다 하더라도 사진을 찍을 수 없었는가 하는 이유이다.

21세기 아프가니스탄에서는 영화 제작이 전혀 이루어지지 않을 뿐 아니라 영화관도 모두 폐쇄되었다. 이전에는 14개 극장이 인도 영화를 상영하고, 영화 스튜디오에서는 인도 영화를 모방한 소규모 작품을 제작하기도 했지만, 영화 상영도 제작도 모두 금지되었다. 매년 2천, 3천 편의 영화가 제작되는 영화 시장에 아프가니스탄 영화는 찾아볼 수 없다. 아프가니스탄에 관한 영화는 할리우드가 「람보」라는 타이틀로 제작한 것이 유일하다.

그러나 이 영화는 전체가 할리우드에서 촬영되고 아프간 인은 전혀 등장하지 않는다. 유일한 실제 장면은 람보가 파키스탄의 페샤와르에 등장하는 장면인데, 그것은 스튜디오에서 배경 영상을 합성하는 기술 덕분으로 가능한 것이었다! 결국, 아프가니스탄을 담은 유일한 영상은 액션 장면의 배경이었다. 고작 이것이 국민의 10퍼센트가 살해되고 30퍼센트가 난민이 되고 백만 명이 굶어 죽어 가는 나라에 대해 할리우드가 가지는 이미지인가?

러시아인들이 아프가니스탄을 점령했던 러시아 병사들에 관한 영화를 만들었다. 또 무사헤닌이 러시아 군이 물러난 후 몇 편의 영화를 만들었는데, 그것들은 아프가니스탄의 과거나 현재의 상황을 보여주는 영상이 아니라 몇몇 아프간 전사들이 사막에서 적과 싸

영화 「칸다하르」에서

우는 영웅주의를 보여주는 전쟁 선동 영화였다.

이란에서 아프간 난민들의 상황에 대해 「죠메」(Djomeh)[6]와 「바란」(Baran)[7] 등의 두 편의 영화가 만들어졌다. 나는 「사이클리스트」[8]와 「칸다하르」를 만들었다. 이것이 이란과 세계 언론에 존재하는 아프간 인의 이미지의 전부이다. 전세계 텔레비전 제작물 중에는 다큐멘터리가 몇 편 있을 뿐이다. 아마 전세계가 아프가니스탄을 이미지 없는 나라로 만들기로 작정한 것 같다.

이미지 없는 나라의 역사

아프가니스탄은 이란으로부터 분리되면서 등장했다. 250여 년 전까지 이란의 한 부분이었고, 나디르-샤(Nadir-Shah)[9]의 시대에는 대 코라산 주(州)[10]의 일부였다. 어느 날 밤 인도에서 돌아온 나

---

6) 이란의 시골 낙농장에서 일하는 아프간 소년 죠메는 식품점에서 일하는 소녀를 사랑하게 되지만 이란의 관습은 이들이 사귀는 것을 허락하지 않는다. 1999년 핫산 옉타파나(Hassan Yektapanah) 감독. "A Time For Drunken Horses"와 함께 2000년 칸 영화제 카메라 도르 상을 공동 수상한 작품이다.—옮긴이.

7) 테헤란의 고층 건물 건축 현장에서 일하는 라티프라는 청년이 아프간 이민자인 라마트와 관련된 비밀을 알게 된다. 2001년 마지드 마지디(Majid Majidi) 감독.—옮긴이.

8) 나심이라는 아프간 난민은 부인의 치료비가 필요하지만 일자리를 찾지 못한다. 그때 자전거 마라톤에 참여하라는 권유를 받고 몇 주간 밤낮으로 교외의 어느 지역을 자전거를 타고 돈다. 이 모습을 마을의 가난하고 소외된 사람들이 지켜보게 된다.—옮긴이.

9) 1688~1747, 재위는 1736~1747년. 아시아의 마지막 정복자로 불리기도 한다. 아프샤르 부족 출신. 어렸을 때는 우즈베크 족에 의해 감옥에 갇혀 있었으나, 탈출하여 코라산의 군대에 들어가 용맹으로 이름을 떨쳤다. 이후 타마스프 군대에 들어가 아프간과 투르크를 상대로 한 전투에서 승리하며 정복을 계속하여, 1736년에는 스스로 샤가 되었다. 그는 시아파와 수니파를 연합하여 이란과 오토만제국을 합병하려 하였으나 시아파 이란의 반대에 부딪혀 이 계획이 좌절되었다. 1738년에는 인도 무굴을 정복하고 다른 지역으로도 정복 활동을 계속하여 이란의 영토는 사사니드 이래 가장 넓은 지역을 차지하게 되었다. 말년에는 폭정과 의심, 탐욕으로 가득 차고 반대자들을 두려워한 나머지 자기 아들이 눈을 멀게 만들기도 하였다. 1747년 쿠르드 족 반란을 진압하는 전투가 계속되는 사이에 부하에게 암살되었다. 1736년에 그가 세운 아프샤르 왕조는 1749년에 막을 내렸지만, 나디르는 페르시아의 가장 위대한 통치자로 기억된다.—옮긴이.

10) 이란의 북동부 지역.—옮긴이.

디르-샤는 구찬[11]에서 살해당했다. 나디르-샤 군대의 장군이었던 아프간 인 아흐마드 압달리(Ahmad Abdali)[12]는 자기 휘하의 병사 4천 명을 이끌고 나와 이란 영토의 일부의 독립을 선언하고 현재의 아프가니스탄을 세웠다.

당시 아프가니스탄은 농경과 목축을 주로 했으며 부족 단위로 통치되었다. 파슈툰 족인 아흐마드 압달리는 타지크 족, 하자레 족, 우즈베크 족과 같은 다른 부족이 절대 권력을 차지하는 것을 용인할 수 없었다. 그 결과 각 부족을 부족장이 통치하고 그 부족장들이 '로얄 지르가'(Loyal Jirga)[13]라는 부족 연합을 구성하는 데 합의했다. 그후에도 아프가니스탄에서는 좀더 공정하고 적절한 다른 정치 체제가 시도되지 못했다. 로얄 지르가 체제가 유지되었다는 사실은 아프가니스탄이 경제적으로 목축 단계에서 전혀 발전하지 못했을 뿐 아니라 부족 통치로부터 벗어나지도 못했으며, 그 결과 아프간 인들이 민족 의식을 획득하지 못했음을 보여준다고 할 수 있다. 그들은 아프가니스탄을 벗어나 다른 이들로부터 동정과 보호의 대상이 되기 전까지는 자신을 아프간 인이라고 생각하는 법이 없다. 아프가니스탄에서 아프간 인들은 파슈툰 족이거나 하자레

11) 현재 코라산 주 국경 근처의 도시.—옮긴이.
12) 1747~1773년 재위. 아프가니스탄의 창립자. 사도자이 가문 출신으로 압달리 부족의 사도자이 왕조를 창립했다. 이란의 왕 나디르-샤가 암살된 뒤 1747년 파슈툰 족의 수장 회의에서 샤로 선출되었다. 그는 자신을 칸(우두머리라는 뜻)이 아니라 샤(페르시아 어로 왕을 의미)로 부르도록 했다. 중앙 정부의 장으로 수상 외에 각 부족의 수장으로 구성된 의회를 두고 있었으며, 내정과 외교, 군사에 있어 실질적으로 권한을 행사했다. 각 부족이 그들을 대표하는 수장을 두고 이 수장들이 의사 결정에 영향을 미치는 방식, 즉 로얄 지르가는 왕정이 무너진 1973년까지 지속되었다. 그는 공정한 통치를 했던 것으로 알려져 있으며 군사적으로도 통솔력을 발휘했다. 그는 카불을 먼저 점령한 뒤 무굴 지역을 복속시켰다. 파슈툰 족을 이끌고 인도를 아홉 번이나 침략, 카슈미르, 펀잡 지역을 정복하고, 동페르시아로부터 인도 북부와 인도양에 이르는 영토를 장악했다. 인도 침공에 성공하여 델리도 손에 넣었지만 인도를 지속적으로 통치하지는 못했다. 그의 아들 티무르가 권좌를 이어받았지만 그가 확장해 놓은 영토는 얼마 안 가 분열되었다.—옮긴이.
13) 각 부족의 장이 모여 국가 사안을 처리하는 제도. 국가 최고 의결 기관.—옮긴이.

족 혹은 우즈베크 족 아니면 타지크 족이다.

250여 년 전까지 이란과 역사를 공유한 아프가니스탄은 이란과 비교하여 분명한 차이점을 보인다. 이란에서는 우리는 이란 인이라는 민족주의가 공통의 정체성을 결정 짓는 가장 중요한 요소이다. 반면 아프가니스탄은 각자가 부족의 구성원이며, 부족주의가 정체성의 기반이다. 이것이 두 나라 민족 정서의 두드러진 차이점이다. 이란에서는 대통령 선거에서도 후보자가 어느 부족인가 하는 것이 전혀 중요하지 않고 득표에도 영향을 끼치지 않는다.

아흐마드 압달리 시대 이래로 탈레반이 국토의 95퍼센트를 장악하는 오늘날까지 아프가니스탄에서 실질적 지도자는 언제나 파슈툰 족 출신이었다. 바체 사그하(Bacheh Sagha)로 알려진 하비불라 갈레카니(Habibullah Galehkani)[14]가 9개월간 통치했던 것과 타지크 족 부르하누딘 랍바니(Burhannuddin Rabbani)[15]가 2년간 통치한 것을 제외하면, 타지크 족이 권력을 잡은 적은 없다. 아흐마드 압달리 이래로 현재까지 아프간 인들은 늘 부족 연합주의와 마찰 없이 살아왔다. 이란의 상황과 비교하여 이것은 무엇을 의미하는가?

레자 샤(Reza Shah)[16]의 통치 기간 동안 부족주의가 쇠퇴하고

---

14) 1929년 아마눌라 왕의 급속한 근대화에 반대하여 여러 파슈툰 부족을 이끌고 수도 카불을 점령, 반란에 성공했다. 아마눌라 왕이 망명하자 하비불라는 9개월간 통치했다. 모하마드 나디르에 패배하고 처형된 후 바체 사그하, 즉 물을 나르는 사람의 아들이라는 뜻의 이름으로 불리었다. 그는 샤말리 지역 출신의 타지크 족으로 1890년 경 출생한 것으로 알려져 있다.—옮긴이.

15) 1992년부터 탈레반이 카불을 점령한 1996년까지 대통령으로 재직. 그가 이끄는 정부는 UN을 포함한 국제 사회에서 인정받았다. 1940년 바다크샨에서 출생. 카불 대학에서 이슬람 법과 신학을 공부, 이미 글을 통해 명성을 얻었다. 곧 카불 대학의 교수가 되었으나, 1966년 이집트에 유학하여 철학을 공부했다. 1968년 아프가니스탄으로 돌아와 사미아트 이 이슬라미(Jamiat-i Islami)의 요구로 아프가니스탄 학생들을 조직하였으며, 1972년에는 아프가니스탄 자미아트 이 이슬라미 당의 창립자가 되었다. 1974년 그의 친이슬람적 성향이 문제되자 망명, 파키스탄을 근거지로 자신의 당을 소련 침공에 저항하는 무자헤딘 조직으로 발전시켰다. 그의 군대는 1992년 카불에 입성한 최초의 무자헤딘이다.—옮긴이.

민족 의식이 형성되었던 이란과 달리 아프가니스탄은 그렇지 않았다. 심지어 아프가니스탄의 무자헤딘도 서로 단결하여 외적과 싸운 적이 없으며, 각 부족이 자기 지역에서 외적을 상대했을 뿐이다. 내가 「칸다하르」를 촬영하느라고 이란과 아프가니스탄의 국경에 있는 난민 수용소에 머물고 있었을 때, 나는 그들이 10년 넘게 수용소의 어려운 상황을 함께 견디면서도 아프간 인이라는 민족 정체성을 받아들이지 않음을 확인했다. 그들은 여전히 타지크 족이냐 하자레 족이냐 아니면 파슈툰 족이냐로 갈등하고 있었다.

아프간 인들은 타 부족과는 결혼도 사업도 하지 않는다. 극히 사소한 문제가 대규모 살상을 초래하기도 한다. 나는 빵집에서 순서를 지키지 않는다는 다툼이 발단이 되어 두 집단의 사람들이 살육에 휘말리는 것을 보기도 했다.

니아탁[17]의 난민 수용소에는 5천 명의 난민이 거주하는데, 파슈툰 족 어린이들과 하자레 족 어린이들은 서로 어울리지 않는다. 이는 때로 어린이들간의 싸움으로 이어지기도 한다. 타지크 족과 하자레 족은 파슈툰 족을 최대의 적으로 보고 파슈툰 족은 그들을 또 적으로 간주한다. 아무도 상대방의 모스크에는 기도하러 가지 않

16) 1925~1941년 재위. 1878년 이란 마잔데란에서 출생. 1944년 요하네스버그에서 사망. 왕정 전통의 이란에서 군인 출신으로 왕위에 올랐다. 당시 이란에서 유일한 실질적 군대였던 코사크 군대 사령관으로 쿠데타를 일으켜 무력한 카자르 왕조를 폐위하고 스스로 왕관을 썼다. 민족주의와 근대주의, 정교 분리 정책으로 케말 아타투르크와 비교되기도 하는데, 아타투르크가 과거와의 단절을 시도한 데 비해 레자 샤는 왕정을 유지했다. 정부 조직과 재정, 군대를 정비, 통신과 교통망을 확보하며 외세로부터 이란의 독립을 확고히 했다. 1921년 소비에트-이란 조약으로 소련이 이란에서 철수하도록 만들었으며, 원유를 둘러싸고 영국과 갈등을 빚었다. 그는 사회 문화 개혁을 통해 능력주의를 도입하였고, 신정 분리를 추구하여 종교 기관으로부터 사법권, 교육권을 몰수했다. 테헤란 대학 등 근대적 교육 기관을 설립하고 여성에게 교육의 권리와 투표권을 보장하였다. 제2차 세계대전 당시 나치에 대항하는 소련군이 이란 영토를 통해 보급로를 확보하는 것을 그가 반대하자 최후통첩 후 1941년 8월 25일 영국과 러시아군이 테헤란을 점령하여 레자 샤를 퇴위시키고 그의 아들 모하마드 레자 팔레비를 왕위에 앉혔다. 모하마드 레자 팔레비는 1979년까지 이란을 통치했다.—옮긴이.
17) 이란과 아프가니스탄 국경에 위치.—옮긴이.

는다. 어린이들은 영화를 보기 위해 서로 가까이 앉는 것도 거부했다. 그러자 어른들은 하자레 족과 파슈툰 족 어린이들이 번갈아 영화를 보게 하자고 제안했다. 그렇지만 결국 영화 상영은 취소되고 말았다.

수용소에서는 환자가 넘쳐나고 의사도 부족한데 의사가 오면 가장 위급한 환자부터 치료받는 것이 아니었다. 치료받는 데도 부족 간의 순서가 가장 중요했다. 하루는 하자레 족 환자들이 치료받고, 다음날은 파슈툰 족 환자들, 이런 식이었다. 뿐만 아니라 같은 부족 내에서도 계급 차별이 있어 계급이 다른 파슈툰 족이 같은 날 병원에 오는 것도 불가능했다.

엑스트라들이 등장하는 장면을 찍기 위해 한 난민촌 안의 5천 명 중에서 하자레 족을 선택할 것인지 파슈툰 족을 선택할 것인지를 결정해야 했다. 어떤 일을 결정할 때라도 어느 부족 출신이냐가 가장 중요했다. 물론 그들 대다수는 영화를 잘 몰랐으며, 우리 할머니처럼 지금까지 영화관에 발을 들여놓은 적이 없는 것에 대해 신에게 감사하고 있었다.

아프가니스탄의 부족주의가 지속되는 것은 유목을 주로 하는 경제 상황과도 관련이 있다. 모든 아프간 부족은 지리적 장벽이라고할 수 있는 협곡에 갇혀 있으며, 산악 지형과 목축 경제로부터 유래하는 독특한 문화에 갇혀 있다. 종족과 부족주의 문화는 깊은 계곡에 뿌리박은 목축 생활에서 생겨났다. 부족주의에 대한 믿음은 협곡만큼이나 깊다. 국토의 75퍼센트가 산악 지형이며, 그 중 7퍼센트만이 농업에 적당한 토지이다. 어떤 종류든 공업은 생각조차 할수 없다.

유일한 경제적·자연적 가능성이 목초지에 있으므로(그것도 가뭄이 들지 않는 해에만) 아프가니스탄은 유목에 의존할 수밖에 없고, 유목은 부족주의를 생산하는 기반이 되며, 부족주의는 내분을 초래한다. 지속적인 내분은 21세기에 아프가니스탄이 현대적인 단계로 진입하는 데 방해가 될 뿐 아니라 아프간 인들이 민족적 정체성을 획득하는 것도 막는다. 그들에게는 아프가니스탄과 아프간 인이라는 것에 대한 공통의 신념이 없으며, 아프가니스탄 국민이라는 더 큰 집단적 정체성에 흡수될 준비가 되어 있지 않다. 종교 전쟁이라는 잘못된 이름과 달리 분쟁의 기원은 부족간 갈등에 있다. 오늘날 탈레반과 싸우는 타지크 족은 모슬렘이며 수니파이기도 한데, 이는 탈레반도 마찬가지다.

부족 연합체의 개념을 고안해 낸 아흐마드 압달리의 지혜는 제대로 평가받아야 한다. 과거 부족주의와 경제적 기반이 아직 남아 있던 상황에서 한 부족이 다른 부족을 통치하거나 한 개인이 민족 전체를 통치하는 것을 구상했던 사람들에 비해 그는 훨씬 현실적이며 현명했다.

아프가니스탄의 주요 부족

아프가니스탄에서는 600만 명의 인구를 차지하는 파슈툰 족이 가장 큰 부족이다. 그 다음이 타지크 족으로 400만 명이며, 세 번째와 네 번째는 하자레 족과 우즈베크 족이 각각 400만, 100만에서 200만 명 정도를 차지한다. 나머지는 아이마그 족, 파르스 족, 발로치 족, 투르크만과 케젤바쉬 족과 같은 소수 부족들이다. 파슈툰 족의 대부분은 남부에, 타지크 족은 북부, 그리고 하자레 족은 중부 지역에 거주한다.[18]

이와 같이 지리적으로 특정 지역에 집중되어 있다는 사실은 결국 부족이 완전히 해체되거나 아니면 로얄 지르가 체제를 통해 부족의 수장과 연대하는 결과를 가져온다. 이 두 가지 가능성 외에 유일한 대안은 경제 기반의 변화와 부족적 정체성을 민족적 정체성이 대신하는 것이다.

우리가 오늘날 이란에서 출신 종족에 관계 없이 대통령을 뽑을 수 있는 것은 지난 세기 동안 우리의 경제 구조를 바꾸어 놓은 원유 덕분일 것이다. 원유의 질이나 양은 문제가 아니다. 문제는 이란과 같이 본질적으로 농업 사회인 국가의 경제에 원유가 들어오면 그에 따라 경제 구조가 바뀌고 이란의 국제 관계에도 변화가 일어난다는 점이다. 즉 천연 자원을 수출하고 대신 공업 국가의 제품을 들여오게 된다.

이러한 경제적 변화는 무엇보다 사회 경제적 구조를 변화시키고 전통 문화를 파괴한다. 한편 원유를 수출하고 공업국의 제품을 수입해 소비하면서 보다 근대적인 문화를 형성한다. 상징적 매개물인 돈을 생략한다면 우리는 소비재 대신 원유를 주는 것이다. 그러나 아프가니스탄은 국제 시장에서 교환할 것이라곤 마약밖에 없기 때문에 스스로 등을 돌리고 고립되는 것이다. 만약 아프가니스탄이 250년 전 이란으로부터 분리되지 않았더라면 원유에서 나오는 이익의 몫으로 인해 다른 운명을 가지게 되었을지도 모른다.

아편의 양은, 내가 나중에 다시 자세히 설명하겠지만, 이란의 원유와 비교하기에는 너무나 보잘것없다. 2000년 유가 상승으로 인한 이란의 순이익은 100억 달러를 넘어섰다. 아프가니스탄에서의 아편 전체 판매량은 5억 달러에 그친다. 이란은 국제 경제에서 한 역할을 담당하며 다른 나라의 제품을 소비함으로써 선택권을 가지고 그 결과 현대적인 국가로 성장했다. 그러나 아프가니스탄의 농

---

18) 파슈툰 족의 대부분은 동부와 남부에서 유목 생활을 하는 이란계 부족으로 아프가니스탄 전 인구의 반 이상을 차지한다. 이들은 파탄 족, 푸크툰 족으로 불리기도 하며 파슈토 어를 쓴다. 타지크 족은 페르시아 어를 사용하며 주로 헤라드와 카불에 많이 거주한다. 징기스칸의 후예로 알려진 하자레는 몽골계로 중앙 산악 지역에 거주한다. 터키계인 우즈베크 족은 주로 북부에 거주한다. 아프간 인 대부분(99퍼센트)은 이슬람을 믿으며 대부분이 수니파에 속한다. 타지크와 하자레 족은 시아파에 속한다. 이외에도 극소수의 시크교도, 힌두교도 그리고 유대교인이 있다.─옮긴이.

부에게는 협곡이 그의 세계이며, 가뭄이 들지 않을 때 유일한 생계 수단은 목축이고, 사회적 문제를 해결해 주는 것은 부족적 규범이다. 국제 경제 안에서 자신의 역할은 없다. 그가 자기 역할을 하려면 어떠한 경제적·문화적 변화가 필요한가?

전세계 마약 총거래액은 800억 달러인데 이것은 아프가니스탄이 변화 없이 현상태에 머물러 있는 것을 전제로 한다. 만일 변화가 일어난다면 800억 달러는 위협받게 된다. 아프가니스탄이 지금보다 더 큰 이익을 얻어서는 안 된다. 왜냐하면 그 이익이 아프가니스탄에 변화를 가져올 수 있기 때문이다. 250여 년 전까지 이란과 아프가니스탄은 공통의 역사를 가졌지만, 20세기에는 원유 수익 덕분에 이란이 전환기를 마련한 반면 아프가니스탄은 그것이 불가능했다.

아편은 아프가니스탄이 세계에 공급할 수 있는 유일한 생산물이다. 그러나 이 생산물의 특성상, 그리고 아편 판매 수익이 국가의 전 재산인 상황에서 그 액수도 보잘것없기 때문에 그것은 원유와 비교될 수 없다. 만약 우리가 아편 판매 수익 5억 달러를 아프가니스탄 북부의 가스 수출로 얻는 3억 달러에 더해서 전체 8억 달러를 2천만 인구로 나누면 결과는 1인당 연간 소득 40달러가 된다. 그 숫자를 365로 나누면 아프간 인 한 명은 하루에 10센트를 벌거나 혹은 빵 한 덩어리를 버는 셈이다. 그러나 이 나라의 연간 소득은 정부와 국내의 마피아에게 돌아가기 때문에 공정하게 분배되기를 기대할 수 없다. 이 소득은 아프간 인들의 필요를 충족시키지도 못할 뿐 아니라 한 국가의 경제적·사회적·정치적 그리고 문화적 구조를 변화시키기에도 너무 적은 액수이다.

왜 아프간인의 30퍼센트가 떠났나

생계를 위해 이곳저곳 옮겨다니는 것이 유목민들의 생활 방식이다. 농업에 종사하는 사람이나 도시 거주자는 덜 이동한다. 아프가니스탄의 유목민들이 이동하는 주원인은 계절적 주기와 관련이 있다. 그들은 끊임없이 거친 땅과 추운 기후를 피해 초지와 따뜻한 지역을 찾아 이동한다. 이주는 유목민에게 자연적인 조건 반사와 같은 것이다. 두 번째 이유는 안정적인 직업이 없기 때문이다. 아프간인에게 실업은 죽음이다. 그들은 죽음을 피해 이주한다. 아프간 인의 소득은 타국에서의 노동에 의존한다.

매일 아침 눈을 뜨면서 아프간 인은 네 가지를 걱정한다. 우선 자기가 기르는 가축인데, 이것은 가뭄이 오느냐 안 오느냐에 달려 있다. 부족을 위해 싸우는 것은 두 번째이며, 대개가 실업을 피하기 위해 군대에 입대한다. 자기 가족을 부양하기 위해 이주하기도 하며, 다른 모든 노력이 실패할 경우에는 마약 거래를 하게 된다. 마지막 선택을 하는 사람은 실제로 극소수로, 2천만 인구를 가진 한 국가의 노동을 양귀비 씨 재배에서 나오는 5억 달러로 계산할 수는 없다. 따라서 아프간 인을 아편 밀매꾼으로 특징 짓는 것은 비현실적이다. 이는 실제로 극히 소수에만 해당된다.

근대주의를 거부하는 아프가니스탄의 문화

1919년부터 1928년까지 아프가니스탄을 지배했던 아마눌라 칸(Amanullah Khan)[19]은 레자 샤와 케말 아타투르크(Kemal Atatur)와 동시대인이었다. 개인적으로 그는 근대주의를 받아들였다. 1924년 아마눌라는 유럽 여행에서 롤스로이스를 타고 돌아와 자신의 개혁 프로그램을 발표했다. 그 개혁은 복장의 변화까지 포함

한 것으로, 그는 아내들에게는 베일을 벗으라고 하고, 남자들에게
는 아프가니스탄 전통 복장 대신 서양식 양복을 입으라고 했다. 아
프가니스탄의 남성 문화에 반대하여 중혼을 금지하기도 했다.

전통주의자들은 즉각 아마눌라의 근대화에 반대하기 시작했다.
유목민들은 이러한 변화를 받아들이기는커녕 곧 이에 저항하는 폭
동을 일으켰다. 사회 경제적 기반이 없는 근대화는 목축에 경제적
으로 의존하는 부족 사회에, 산업도, 농업도, 자원을 개발하는 수단
도 전혀 없으며 타부족과의 결혼도 금지하는 그런 사회에 비동질
적인 문화를 강요한 것이었다.

이러한 피상적이고 형식적인 소규모의 근대화는 오히려 전통 문
화를 자극하여 결국 아프간 인들이 근대화에 반발하는 결과를 가
져왔다. 그들의 반발이 얼마나 거세었던지 그후 수십 년간 어떠한
합리적인 형태의 근대주의도 스며들 수 없을 정도였다. 심지어 오
늘날까지 자원을 개발하고 그것을 상품과 교환하는 근대화의 조건
이 아직 생겨나지 않았다. 아프가니스탄에서 가장 진보적인 사람
들조차도 아프가니스탄 사회는 여성 참정권을 허용할 준비가 되어
있지 않다고 믿는다. 내전에 참여한 부족 중 가장 진보적인 부족도
여성이 투표권을 가지기에는 아직 이르다고 생각한다면 가장 보수
적인 사람들은 어떻게 생각할 것인지 분명하다. 2천만 명의 여성들
이 부르카(burqae, 베일처럼 머리에서 발끝까지 완전히 감싸는 의복)
속에 갇혀 있으며 그들에게 교육과 사회 참여는 일체 금지되어 있
다. 이것이, 가족이라면 하렘(harem)밖에 연상하지 못하는 남성들

---

19) 그는 부친인 아미르 하비불라가 암살당한 1919년 왕위에 올랐다. 반영주의자(反英主
義者)로서, 아프가니스탄 외교 정책에 영국이 간섭하도록 한 조약을 파기하고자 했다.
1919년 이를 저지하는 영국과 전쟁을 치렀으며, 영국은 결국 아프간 외교 정책에서 손을
떼게 되었다. 이후 그는 아프가니스탄의 영웅이 되어 가지(Ghazi)라는 칭호를 받고 후에
스스로 아미르에서 파드샤로 바꿔 불렀다. 그후 그가 추진한 근대화는 많은 사람들의 반대
에 부딪혀 폭동을 야기했다. 그는 아프가니스탄을 떠나 이탈리아와 스위스에서 망명 생활
을 하다가 1960년 사망했다.—옮긴이.

의 사회에 일부일처제를 도입하려 했던 아마눌라의 근대주의 이후 70년이 지난 아프가니스탄 사회이다.

내가 「칸다하르」에 사용할 결혼식 음악을 녹음하러 사베에 있는 난민촌에 갔을 때, 일곱 살 짜리 소년과 결혼하는 두 살 짜리 여자 어린아이를 보았다. 나는 이 결혼의 의미를 알 수 없었다. 그 소년도, 고무 젖꼭지를 빨고 있는 여자아이도 스스로 선택한 일이 아니었다. 이런 전통 사회의 현실을 고려하면 아마눌라의 근대주의는 다른 나라를 피상적으로 모방한 것일 뿐이었다. 사람들은 여성이 몸을 완전히 감싸는 부르카 대신 몸을 좀더 드러내는 베일을 쓰면 그 여성은 신의 분노를 사 검은 돌로 변할 것이라고 믿기도 한다. 그 믿음이 진실이 아니며 부르카가 그녀 스스로 선택할 수 있는 것임을 깨닫게 하기 위해서는 아마 누군가가 강제로 부르카를 벗겨야 할 것이다.

아마눌라의 근대주의에는 또 다른 편견이 있다. 전통 사회에서 위선의 문화는 일종의 계급 차이를 위장하는 것이다. 이란에서는 전통적으로 부유층이 가난한 사람들의 반발을 두려워하여 집 안은 성과 같이 꾸미면서도 외관은 초라하게 한다. 다른 말로, 귀족적인 생활의 핵심은 소박한 겉모습을 필요로 한다.

근대주의에 저항한 것은 반드시 보수주의자들만이 아니었다. 때로 그것은 부유층에 대한 가난한 자들의 반동이기도 했다. 아마눌라 시대 유목민 사회에서 당나귀 대신 말을 가지는 것은 영예와 고귀함의 상징이었지만, 롤스로이스는 아무것도 가진 것 없는 가난한 계층에게 모욕이었다. 전통과 근대주의간의 전쟁은 우선 롤스로이스와 당나귀간의 전투였다. 그것은 가난과 부의 전투였다.

오늘날 아프가니스탄에서 찾아볼 수 있는 유일한 현대적 물건은 무기이다. 정치적·군사적 행위일 뿐 아니라 고용을 창출하기도 했던 전국적인 내전은 현대 무기를 사고 파는 시장이 되었다. 아프

영화 「칸다하르」에서

가니스탄은 비록 현대 세계로부터 많이 뒤처져 있지만 더 이상 칼과 단검으로 싸울 수 없게 되었다. 무기 사용은 심각한 문제이다. 근대주의는 곧 소비와 현대 문화를 의미한다. 그런데 아프가니스탄에서는 수염과 부르카 옆에 있는 스팅어미사일이 유일하게 근대주의를 상징한다. 아프가니스탄의 무자혜딘에게 무기는 고용을 창출하는 경제적 토대이다. 아프가니스탄에서 모든 무기가 사라지고 전쟁이 끝나고 모두들 더 이상 서로에 대한 공격이 없으리라는 것을 받아들인다면, 오늘날의 모든 무자혜딘은 제로 이하의 경제 상황에서 고용의 기회는 전무하다는 것을 알고 다른 나라로 떠나는 피난 행렬에 합류할 것이다.

아프가니스탄에서의 전통과 근대, 전쟁과 평화, 부족주의와 민족주의는 경제적인 상황과 고용 위기의 관점에서 분석되어야 한다. 아프가니스탄의 경제 위기에 대해서는 즉각적인 해결 방법이 없다는 것을 인정해야 한다. 장기적인 해결 방법은 북부가 남부를, 남부가 북부를 공격하는 전국적인 공격이 아니라 일종의 경제적 기적에 달려 있다. 실제로 이러한 기적이 몇 번 일어나지 않았던가?

소련 철수는 하나의 기적이 아니었던가? 무자혜딘이 정권을 잡게 된 것은 자신들의 입장에서는 기적이 아닌가? 탈레반이 아프가니스탄을 순식간에 정복한 것도 기적이 아닌가? 여기서 논의되는 근대주의는 두 가지 근본적인 문제를 안고 있다. 하나는 경제와 관련된 것이고, 다른 하나는 미숙한 근대주의에 대한 아프간 전통 문화의 반발이다.

아프가니스탄의 지리적 상황과 그 영향

아프가니스탄은 70만 평방킬로미터에 국토의 75퍼센트가 산악지대이며 사람들은 깊은 협곡에서 산다. 협곡은 높은 산으로 둘러싸여 있는데 산은 이동과 경제 활동에 장애가 되면서, 다른 한편으로는 아프간 부족들에게 정신적 요새로 기능한다. 이는 왜 아프가니스탄에 도로가 없는지 설명해 준다.

도로의 부족은 침략자들이 아프가니스탄을 쉽게 점령하는 것을 막는 역할도 하지만, 또한 경제 성장과 번영을 가져올 수 있는 기업이 들어오는 것을 막는 역할도 한다. 산악 지형은 외국의 침략자를 막는 만큼 부족간의 문화와 상업의 교류도 막는다. 국토의 75퍼센트가 산지인 나라에서는 공업 도시가 생겨나거나 소비 시장이 형성되기 어렵다. 또 농산물을 도시로 수송하는 것도 용이하지 않다. 현대 무기를 사용하면서도 전쟁은 장기화되고 결론은 나지 않는다.

과거 아프가니스탄은 발크(Balkh)에서 중국으로, 칸다하르로부터 인도에 이어지는 실크로드를 이용하는 대상들이 이용하는 통과지였다. 해상 교통로가 발견되고 지난 세기에는 항공로가 개발되어 과거 고대의 상업 교역로였던 아프가니스탄은 막다른 길이 되었다. 옛 실크로드는 낙타와 말이 지나가는 길이었지 현대적 감각의 도로는 아니었다. 나디르 샤, 알렉산더, 티무르, 마흐무드 가즈나비드(Mahmood Ghaznavid)는 그 굽은 길을 통해 인도로 갔다. 이 산악 지대 도로의 특성상 원시적인 목조 다리들이 설치되어 있었지만 지난 20년간 전쟁으로 이것들은 심하게 파괴되었다.

오늘날, 외세와의 전쟁과 내전에 지친 사람들은 강력한 당이 승리해서 아프가니스탄의 역사적 운명에 한 가지 방향(그것이 무엇이든 간에)을 제시해 주기를 바라게 되었다. 그런데 이 산악 지형이 바로 장애물이다. 아마 아프가니스탄의 진정한 전사는 굶주린 사람들이 아니라 산맥들일 것이다. 아흐마드 샤 마수드(Ahmad Shah Massoud)[20]가 이끄는 타지크 족 레지스탕스들은 최후의 요새가 되었던 판지시르 계곡 덕분에 살아남았다. 상상하건대 만약 아프가니스탄이 산악 지대가 아니었으면 소련에 의해 쉽게 정복당했을 것이다. 혹은 미국에게 3일 만에 평정된 평야 지대의 쿠웨이트처럼 미국에게 정복당해 중동 시장에 편입되었을 것이다. 산악 지형은 전쟁 비용을 증가시킬 뿐 아니라 평화 후의 재건 비용도 증가시킨다. 만약 아프가니스탄이 그렇게 거친 지형을 가지고 있지 않았다면 다른 경제적 · 군사적 · 정치적 · 문화적 운명을 갖게 되었을 것이다. 이것이 지리적 불운이라는 것인가?

계속해서 산을 타고 오르내려야 하는 전사를 상상해 보자. 그가 아프가니스탄 전체를 정복했다고 가정하자. 그러면 그는 자신의 군대 보급을 위해 끊임없이 정상을 정복해야 한다. 산악 지형은 외적과 타부족으로부터 아프간 인을 보호하기에 충분했다. 소련과 아프가니스탄 전쟁에서는 한 나라의 국민적 저항을 볼 수 있지만, 내부에서는 각 부족이 자신들이 갇혀 있는 협곡을 방어한 것이다. 적들이 물러가자 각자 자신의 협곡을 세계의 중심이라고 생각했다. 그리고 다시, 산이 농업 경제에 걸림돌이 되었다.

국토의 오직 15퍼센트만이 농경에 적합하고 이 가운데 실제로 경작 가능한 땅은 그 절반에 지나지 않는다. 목축을 하는 이유는 표고가 높은 산악 지대 땅이 목초지이기 때문이다. 아프가니스탄은 지형의 희생자라고도 불린다. 산악 지대에는 도로가 없고, 도로를 건설하려면 돈이 많이 든다. 길이 있다 해도 군사 도로이거나 밀수꾼들이 이용하는 좁은 길이다. 트럭이 달릴 수 있는 길은 국경 근처에만 있다. 국경 부근의 도로가 아프가니스탄의 동맥으로 기능하여 사회 · 문화 · 경제적 커뮤니케이션 문제를 해결하는 수단이 될

---

20) 타지크 족 출신으로 1953년 판지시르에서 출생. 라바니가 이끄는 비 파슈툰 족의 조직인 사미아트 이 이슬라미의 일원. 1980년대 대 소비에트전을 여러 번 승리로 이끈 전설적 인물로 1992년 퇴각하는 공산주의자들로부터 카불을 탈환했다. 1996년 탈레반의 공세에 전략적 카불 철수를 감행했는데 이때부터 강경파의 저항을 받았다. 랍바니 정부에서는 국방장관을 역임했으며, 탈레반 점령 이후 북부동맹 사령관으로 탈레반에 맞섰으나 2001년 9월 9일 탈레반측의 자살 폭탄 테러로 숨겼다.—옮긴이.

수 있겠는가? 얼마 안 되는 국내 도로도 최근의 내전으로 거의 파괴되었다. 엄청난 비용을 들여 험준한 산맥을 뚫는 일은 누구를 위한 일인가? 막대한 비용을 들여 얻을 수 있는 이익이 무엇일까? 아프가니스탄은 전체가 지뢰밭이다. 어떤 길을 통해야 무사히 목적지에 닿을 수 있을까?

불확실한 미래에 이익을 창출하기 위해 누가 먼저 지뢰밭에 투자할 것인가? 이 비용은 무엇으로 보상받을 것인가? 아프가니스탄은 아직 개발되지 않은 지하 자원이 풍부하다고 알려져 있다. 앞으로 개발될 지하 자원은 어디로, 어느 길을 통해 운반될 것인가? 불확실한 미래에 이익을 가져다줄 지하 자원에 누가 제일 먼저 투자할 것인가? 소련과 아프가니스탄이 지하 자원을 개발할 생각을 못한 것은 도로 부족 때문이 아니었던가? 대신, 아프가니스탄에는 마약 밀매에는 꽤 효과적인 샛길이 많다. 굽은 길은 마약 거래를 하는 데는 좋지만, 이들을 소탕하기 위해서는 곧은 길이 필요한데 그런 것은 없다. 누구도 숨어 있는 길을 다 파악할 수 없으며, 매일 그런 길을 공격할 수는 없다. 기껏해야 교차로에 잠복해서 밀매꾼들을 기다리는 방법밖에 없다.

이란의 셈난이라는 도시 근처에서 마약 자루를 지고 칸다하르에서부터 맨발로 걸어 온 밀매꾼 하나가 체포되었다. 체포당했을 당시 그의 발바닥은 피부가 다 벗겨져 있었다. 아프가니스탄의 산악지대에서 물은 축복이 아니라 재난이다. 겨울에는 얼고 봄에는 홍수가 나고 여름에는 가뭄이 온다. 댐이 없는 산악 지대에 특유한 현상이다. 조절이 안 되는 물과 경질 토지는 경작을 어렵게 한다. 이것이 아프가니스탄의 지리적 이미지이다. 교통이 곤란하고 국토는 농경에 적합하지 않으며 광산은 수송 비용을 감당 못해 개발되지 못한다. 아프가니스탄이 부족, 인종, 언어의 박물관이라 불리는 것은 지형 때문이다. 커뮤니케이션과 교류의 부족, 그리고 고립 덕분에 이 나라의 모든 전통은 그대로 남아 있다.

경작 가능한 땅이 국토의 7퍼센트에 불과한 거칠고 건조한 땅에서, 게다가 그 절반이 가뭄에 위협받고 있는 상황에서 그 땅이 양귀비 재배지로 변해 전국민을 먹여 살리는 것은 당연하다. 통상적인 상황에서 빵 가격이 오르지 않으면 양귀비에서 나온 빵 한 덩어리가 아프간 인 한 사람이 얻는 전부이다. 현재의 경제 상황에서는 다른 경제 개발 없이 국민의 반을 부양할 수 있다. 그러나 국가 수입은 마피아 손에 들어가거나 불안정한 아프간 정권을 위해 사용되기 때문에 국민에게 돌아가는 몫은 없다.

곧 떠오르는 질문은 아프간 인은 어떻게 생계를 유지하느냐이다. 이란의 건설 현장에서 노동을 하거나 전쟁에서 싸우거나 탈레반의 학생이 되는 방법이 있다. 통계에 의하면 2,500여 개의 탈레반 신학교가 300명에서 천 명까지의 학생을 수용하면서 굶주린 고아들을 계속 끌어들이고 있다고 한다. 이 학교에서는 누구나 빵 한 조각은 먹을 수 있다. 학생들은 코란과 기도서를 외우고 나중에는 탈레반 군대에서 싸운다. 이것이 유일하게 남은 고용 기회이다.

지형 조건의 결과로 이민, 밀수, 전쟁은 직업이 되었다. 내 의문은 다행히 북부동맹이 탈레반에 승리한다 하더라도 그후에 어떻게 국민의 요구를 충족시킬 것인가 하는 것이다. 전쟁을 계속할까, 아니면 양귀비를 더 많이 재배할까, 아니면 기우제를 지낼까?

이란 국경에서는 UN이 아프가니스탄으로 돌아가기를 자원하는 아프간 인에게 일 인당 20달러씩 지급한다. 그들은 버스에 실려 아프가니스탄의 첫 번째 도시나 국경 근처에서 내려서 재빨리 돌아와 다시 줄을 서고 20달러를 받는다. 생계 수단이 없는 아프간 인들은 모든 문제의 해법을 고용에서 찾는다. 선생이 직업이 되는 만큼 그 때문에 죽은 아프간 지도자는 이제까지 거의 없다.

전쟁이 지속되면서 미국, 러시아와 인접한 6개국은 자기들에게

충성하는 세력에게 자금을 지원했다. 보통의 경우 지원을 하는 것은 전쟁을 지속하거나 세력간 균형을 위해서인데 아프가니스탄의 경우에는 단순히 고용을 창출하기 위해서였다. 2년간의 가뭄이 있었고 그로 인해 가축이 죽어 버렸다는 것을 기억하자. UN은 다가올 몇 달 동안 100만 명 이상이 사망할 것이라고 예측했다. 이것은 전쟁과 상관없다. 가난과 기아가 문제이다. 가뭄이 와서 생계가 위협받으면 이민은 증가하고 전쟁은 격화된다.

아프간 인의 평균 수명은 41.5세이며, 2세 이하 유아 사망률은 천 명당 182명에서 200명이다. 1960년대 평균 수명은 34세였으며, 2000년에는 41세였다. 최근에는 1960년대보다 오히려 낮아졌다.

나는 「칸다하르」를 촬영하던 어느 날 밤을 잊지 못한다. 우리 팀은 손전등을 비추며 사막을 걸어가고 있었는데 곳곳에 마치 사막에 버려진 양떼처럼 무리 지어 죽어 가는 난민이 쓰러져 있었다. 우리는 그들이 콜레라로 죽는 것이라 생각하고 자불에 있는 병원으로 데려갔다. 그들은 그러나 굶주림으로 죽어 가는 것이었다. 며칠 동안 아사하는 사람을 너무나 많이 목격하면서 나는 자신이 무엇인가를 먹는 것을 용서할 수 없었다.

1986년에서 1989년 사이 아프가니스탄에는 2,200만 마리의 양이 있었다. 한 사람당 양 한 마리 꼴이었다. 양은 아프가니스탄과 같은 목축 국가의 주요 재산이다. 그러나 최근 기아로 이 재산마저 모두 잃었다. 가축이 없는 목축 국가를 상상할 수 있는가? 오늘날 아프가니스탄의 비극의 원인은 가난이며, 가난을 해결하는 유일한 방법은 경제를 소생시키는 것이다.

만일 내가 진정한 자유 전사, 즉 생존을 위해 투쟁하는 보통 사람들 대신 무자헤딘을 지원했더라면 나는 바로 돌아왔을 것이다. 내가 만약 이웃 나라의 대통령이라면 정치적·군사적 간섭 없이 경제적 관계만 증진시킬 것이다. 내가 신의 대리자가 되는 것은 당치 않은 말이겠지만, 그럴 수 있다면 나는 이 잊혀진 나라를 양귀비가 아닌 다른 무엇으로 구할 것이다. 그리고 나는 이 글을 쓰면서도 사디가 "모든 인간은 한 몸의 일부"라고 말했던 시대와 너무나 다른 이 시대에 이 글이 어떤 영향을 줄 수 있으리라고는 믿지 않는다.

방글라데시 출신으로 아프가니스탄 문제와 관련해 UN에서 인도주의 고문으로 활동하고 있는 카말 호세인(Kamal Hossein) 박사가 2000년 여름 우리 사무실을 방문했다. 그는 10년 동안을 계속해서 UN에 보고서를 제출했지만 아무런 효과도 없었다고 말했다. 그는 영화가 세계의 관심을 일깨울 수 있을지도 모른다는 생각으로 영화 제작을 돕기 위해 찾아왔다고 했다. 나는 "나도 사람들의 관심을 일깨우는 데 무엇이 효과적일지 찾고 있다"고 말했다.

아프가니스탄은 외세의 간섭으로 고통을 받은 것이 아니라 무관심으로 고통받았다. 만일 아프가니스탄이 쿠웨이트처럼 원유 수익이 있었다면 이야기가 달라질 것이다. 그러나 아프가니스탄은 원유도 없고 인접 국가들은 저임금 노동자들을 아프가니스탄으로 추방시킨다. 아무런 일거리도 찾지 못했을 때 가능한 선택은 마약 밀매꾼이 되거나 탈레반에 지원하거나 헤라트, 바미얀, 카불, 칸다하르의 어느 구석에서 세계의 무관심 속에 죽어 가는 것이다.

불법 이민자로 가득 찬 자볼 근처의 한 난민촌에 갔을 때였다. 그곳은 난민촌인지 감옥인지 분간이 안 되었다. 기아를 피해서 혹은 탈레반의 공격을 피해서 도망친 아프간 인은 다 수용되지 못하고 아프가니스탄으로 돌려보내졌다. 그것은 누가 보아도 모두 합법적이고 합리적인 절차 같았다. 어떠한 이유든 불법 입국자로 입국이 거부당한 사람은 추방되어야 한다. 그러나 이들은 기아로 죽어 가고 있었다. 우리는 결국 거기서 영화에 등장할 엑스트라를 골랐다. 난민촌에서는 그렇게 많은 사람을 먹이기에 예산이 충분치 않다고 했다. 사람들은 일 주일 동안이나 먹지 못했다. 먹을 것이라고는 물밖에 없었다. 우리는 음식을 제공하겠다고 했다. 그들은 우리가 매일 왔으면 하고 바랐다.

한 달 된 아기부터 80세 노인에 이르기까지 약 400명에게 음식을 나누어 주었다. 대부분은 어린이들로 어머니의 품안에서 굶주림에 지쳐 기절해 있었다. 한 시간 동안 우리는 울면서 빵과 과일을 나누어 주었다. 당국은 슬픔을 표시하면서도 예산이 승인되기까지 시간이 걸릴 것이고 난민의 수는 그들이 감당하기에는 너무나 많다는 말만 되풀이했다. 이것이 자신의 자연, 역사, 경제, 정치 그리고 이웃의 몰인정에 의해 파괴된 한 나라의 이야기이다.

이란에서 아프가니스탄으로 추방된 한 아프간 시인은 자신의 느낌을 이렇게 시로 표현했다.

나는 걸어서 왔고 걸어서 떠난다.
저금통이 없는 나그네는 떠난다.
인형이 없는 아이도 떠난다.
나의 유랑에 걸린 주문도 오늘 밤 풀리겠지.
비어 있던 식탁은 접히겠지.
고통 속에서 나는 지평선을 방황했다.
모두가 지켜보는 데서 떠도는 사람은
나였다.
내가 갖지 못한 것들을
나는 놓아두고 떠난다.
나는 걸어서 왔고, 걸어서 떠날 것이다.

아프가니스탄의 마약 생산

오늘날 경제에서 모든 공급은 수요에 기초한다. 어디에서든 마약 생산은 소비 욕구를 충족시킨다. 국제적인 마약 시장은 인도, 네덜란드, 미국과 같이 가난한 나라와 잘사는 나라를 모두 포함한다. 2000년 UN 보고서에 따르면 1990년대 후반 세계적으로 1억 8천만 명이 마약을 사용했다. 불법 마약의 90퍼센트가 두 나라에서 생산되는데 그 중 하나가 아프가니스탄이며, 헤로인의 80퍼센트가 역시 이곳에서 생산된다. 즉 전세계 마약의 50퍼센트가 아프가니스탄에서 생산된다. 그 50퍼센트가 5억 달러 어치에 해당한다면 전세계의 마약 거래액은 10억 달러가 될 텐데 실제로는 그렇지 않다. 왜 그럴까?

아프가니스탄이 마약 생산으로 5억 달러를 번다 해도 실제 거래액은 800억 달러이다. 다른 나라를 경유하면서 원가에 비해 160배로 가격이 오른다. 800억 달러는 누구 손에 들어가는가?

예를 들어 헤로인이 타지키스탄을 거친다면, 나갈 때는 들어올 때에 비해 가격이 두 배로 뛴다. 우즈베키스탄에서도 마찬가지이다. 마약이 네덜란드의 소비자의 손에 이를 즈음에는 원가의 160배에서 200배까지 가격이 오른다. 그 돈은 결국 중계 루트가 되는 나라의 정치에 개입하는 마피아에게로 간다.

많은 중앙아시아 국가들이 비밀 예산을 마약 밀매로 충당한다. 그렇다면 이 맨발의 남자들을 진짜 마약 밀매꾼이라고 할 수 있는가?

마약의 이윤이 그렇게 크지 않다면 이란은 양귀비 재배를 중지하는 조건으로 아프가니스탄에 5억 달러에 상당하는 밀을 수분할 수도 있을 것이다. 그러나 마피아와 그들과 결탁한 세력에게 795억 달러라는 이익은 너무나 큰 것이어서 그들은 쉽게 양귀비 씨를

폐기 처분할 수가 없다. 아이러니컬하게도 마약을 만드는 아프간인 자신은 마약 소비자가 아니다. 마약 사용은 금지되어 있지만 제조는 합법화되어 있다. 이 모순은 종교적 설명으로 정당화되는데, 죽음에 이르게 하는 약은 유럽과 미국에 있는 이슬람의 적들에게 보내야 한다는 것이 그 이유다. 아프가니스탄의 정부 예산에서 마약이 차지하는 액수와 중요성을 고려하면 이 이유는 극히 모순적이다.

전세계 마약 거래의 총액은 4천억 달러인데 아프가니스탄은 이 시장의 희생자이다. 왜 세계 마약의 절반을 생산하고도 이익은 800분의 1밖에 얻지 못하는가? 그 답이 무엇이든 중요한 한 가지 사실은 4천억 달러의 시장은 문명 사회의 법을 지킬 의무가 없으면서 마약 생산이 풍부한 지역을 필요로 한다는 것이다. 만일 아프가니스탄에 당나귀가 지나다니는 좁은 길 대신 도로가 생긴다면, 혹은 전쟁이 끝나고 경제가 재생한다면, 그래서 다른 가능성이 5억 달러를 대신한다면, 4천억 달러 시장에는 무슨 일이 일어날까?

2000년 9월 칸다하르에서 돌아왔을 때 나는 코라산 주지사를 만난 적이 있다. 그는 아편이 헤라트에서 50달러일 때 마샤드에서는 250달러라고 했다. 밀매꾼들에 대한 단속이 강화되면 아편 가격은 오르는 것이 아니라 오히려 내린다고 했다. 예를 들어 마샤드에서 500달러면 헤라트에서는 75달러라는 식이다. 이유는 가난과 기아이다. 마리당 20달러 하던 아프간 양들이 이제는 국경에서 1달러에 팔리는데, 양들이 병에 걸려 시장이 형성되지도 않는데다 이란으로 양을 밀수하는 것을 막기 위해 국경 감시가 강화되었다.

마약은 아프가니스탄의 재원(財源)으로서 원유만큼 본질적으로 중요하다고는 할 수 없지만 어쨌든 그 가치는 원유에 비길 만하다. 더 중요한 것은 중앙아시아 국가들의 기밀 예산이 마약을 통해 조달된다는 것이다. 이것은 왜 세계가 아프가니스탄의 만성적 경제 상황에 무관심한지를 말해 준다. 무엇 때문에 아프가니스탄이 안정되어야 하겠는가? 아프가니스탄에서 마약 생산이 중단되면 그 땅에서 나왔던 800억 달러를 어떻게 무엇으로 메울 수 있겠는가?

많은 사람들에게 마약은 흥미로운 사업이다. 몇 달 전 아프가니스탄에 있을 때 매일 마약을 가득 실은 비행기가 아프가니스탄에서 페르시아 만으로 직접 날아간다고 들었다. 1986년 「사이클리스트」 영화 제작을 위해 조사차 갈 때 파키스탄의 미르자베에서 쿠에타, 그리고 페샤와르로 여행한 적이 있다. 육로를 택했기 때문에 며칠이 걸렸다. 미르자베에 도착해서는 「사이클리스트」 영화에 나온 것 같은 알록달록한 색이 칠해진 버스를 탔다. 버스에는 온갖 기묘한 사람들이 타고 있었다. 길고 가느다란 수염을 기른 사람, 머리에 터번을 두른 사람, 긴 드레스를 입은 사람……

처음에는 버스 꼭대기에 마약이 가득 실린 것을 몰랐다. 버스는 도로도 없는 대지를 질주했다. 어디나 흙먼지가 자욱했고 바퀴는 부드러운 흙 속에 빠지곤 했다. 우리는 달리의 그림과 같은 초현실적인 문 앞에 도착했다. 그 문은 무엇인가를 분리시키기 위한 문도, 다른 어떤 것과 연결시키기 위한 문도 아니었다. 사막 한가운데 세워진 상상의 문이었다. 버스가 문 앞에 서자 한 무리의 사람들이 오토바이를 타고 나타나 운전사에게 내리라고 했다. 그들은 잠시 이야기를 주고받더니 돈 자루를 가지고 와서 운전사와 세기 시작했다. 그러고는 오토바이를 탄 두 사람이 우리 버스를 탔고 운전사와 조수는 돈을 가지고 오토바이를 타고 떠났다. 새로 나타난 운전사는 이제 버스와 그 안에 있는 전부가 자기 것이 되었다고 말했다. 우리는 버스와 함께 팔린 것이었다.

거래는 몇 시간마다 되풀이되고, 우리는 여러 명의 밀수꾼들에게 팔렸다. 각기 다른 조직이 루트를 나누어 장악하고 있으며 버스가 팔릴 때마다 가격이 올라간다는 사실을 알게 되었다. 처음에는 돈 자루가 하나였으나 갈수록 늘어났다. 황야에는 낙타 등에 두쉬카(소련이 개발한 중기관총)를 실은 캐러밴도 있었다. 우리가 탄 버스와 낙타 등에 실린 무기만 아니면 원시 시대에 온 착각이 들 정도였다. 우리는 다시 무기를 파는 곳에 도착했다. 탄환을 콩처럼 자루에 넣어 팔고 있었다. 탄환을 킬로그램 단위로 저울에 달아 팔았다. 그렇다. 이런 것이 없다면 어떻게 국제적인 마약 밀매가 가능하겠는가?

나는 코라산으로 가서 국경을 따라 촬영 장소를 물색했다. 해가 지면 국경 근처 마을은 소개되었다. 마을 사람들은 밀매꾼들을 피해 다른 도시로 도망갈 것이다. 그들은 우리에게 비행기를 타라고 권했다. 위험하다는 소문이 퍼져 있어서 해가 진 후로는 차들도 거의 다니지 않았다. 해가 지면 도로는 밀수 캐러밴 차지였다. 목격자에 따르면 캐러밴은 다섯 명에서 백 명 정도의 사람들로 구성되는데, 이들의 나이는 12세부터 30세에 이른다고 한다. 각자 등에 마약 부대를 지고 일부는 손에 드는 로켓 발사기(소련이 개발한 개인 휴대용 대전차 미사일)와 칼라시니코프(소련의 경기관총)를 가지고 다닌다고 했다.

마약이 비행기로 운반되지 않으면 컨테이너로, 아니면 캐러밴에 의해 운반된다. 암스테르담에 도착할 때까지 캐러밴들이 한 나라에서 다른 나라를 통과해 가는 것은 얼마나 엄청난 일일지 상상해 보자. 그들이 800억 달러 짜리 거래를 유지하기 위해 여러 곳에서 얼마나 많은 사람들을 공포에 떨게 하는지 상상해 보자.

나는 타이바드(이란과 아프가니스탄 국경에 있는 도시)에 있는 한 관리에게 밀수꾼들이 저지르는 살해 사건에 대해 물어 보았다. 2년간 105명이 살해되거나 납치당했다. 80명 정도는 돌아왔다. 나는 빨리 105명을 104주로 나누어 보았다. 한 주에 한 사람이었다. 희생자의 수가 이런 지역에서도 사람들이 위험을 피해 밤마다 다른 도시로 떠나는데, 우리가 어떻게 아프간 인이 이란으로 피난 오는 것을 막을 수 있겠는가? 지난 20년간 5분마다 한 사람씩 살해당했다. 그들이 이란으로 피난 오지 않고 자기 나라에 머물러 있어야만 하는가? 우리가 그들을 추방하면 아프가니스탄의 위험한 상황이 그들을 다시 내쫓지 않을까?

나는 국경에서 근무하는 관리에게 납치와 살인이 왜 일어나는지 물었다. 이란측 캐러밴이 마을 사람들과 거래를 하는 게 분명했다. 이란 밀수꾼들이 시간을 지켜 돈을 주지 않으면 그 밀수꾼이나 그의 가족 중 누군가가 납치되고 돈이 건네진 후에야 돌려보내진다. 나는 이런 폭력에도 경제적 이유가 있음을 깨달았다. 도그하룬 국경에서 세관원들은 그 지역이 8년 동안 위험에 놓여 있었지만 이것에 대해 보고서가 나온 것은 2년밖에 되지 않았다고 했다. 상대적으로 개방적으로 변한 이유는 이란 신문들 때문이다.[21]

이민과 그 결과

정착하지 않은 아프간 유목민은 계절에 따라 가축과 이동하는 것말고 지난 20년 전까지 외국으로 여행할 수가 없었다. 때문에 모든 여행은, 아무리 제한된 것이더라도, 아프간 사람의 운명에 뚜렷한 흔적을 남겼다. 그 예로 아마눌라 칸과 몇몇 학생들은 공부를 위해 서구로 갔는데, 결국 성공하지 못한 근대화 개혁 실험의 개척자가 되었다. 러시아로 간 장교 몇 명은 후에 공산주의 쿠데타의 기반을 만들었다. 최근 수십 년간 아프가니스탄 인구의 30퍼센트가 이민을 간 것은 공부를 위해서가 아니었다. 전쟁과 가난이 그들을 떠나게 했던 것인데, 이제 그 수가 인접 국가를 힘들게 할 만큼 늘어

---

21) 1997년 개혁파 하타미 대통령의 취임으로 이란에 어느 정도 출판의 자유가 생겨났다. 하타미 대통령은 2001년 선거에서 재선되었다.—옮긴이.

났다. 이란에 있는 250만 명과 파키스탄의 300만 난민은 두 나라에 심각한 문제를 안겨 주었다.

내가 아프간 인이 우리의 손님이라며 그들을 추방하는 것을 반대했을 때 내게 돌아온 대답은 20년간의 파티는 너무 길다는 것이었다. 만일 코라산과 시스탄-발루체스탄 지역에서 이 상황이 계속되면 우리의 민족적 정체성은 위협받을 것이며, 이 지역이 독립을 요구하거나 혹은 국경의 불안이 심화되는 등의 심각한 위기를 맞게 될 수도 있다는 것이다.

이슬람 무자헤딘(탈레반)을 훈련시키는 학교를 준비한 파키스탄과는 달리, 이란은 아프간 인을 교육시킬 준비를 하지 않았다.「사이클리스트」촬영중 나는 배우를 물색하기 위해 아프간 이웃들을 찾아가곤 했다. 그 당시 아프간 관리 한 사람은 아프간 학생들이 이란 대학에서 공부할 수 있기를 바란다고 했다. 그래야 러시아 사람들이 아프가니스탄을 떠나고 나면 그들이 최소한 학사 학위라도 가진 장관을 가지게 되기 때문이다. 그렇지 않으면 한 무리의 병사들을 데리고는 전쟁이나 할 수 있을 뿐 나라를 통치할 수는 없을 것이다.

그후 몇몇 아프간 인이 이란 대학에 입학했지만 오늘날 누구도 고향으로 돌아가려 하지 않는다. 그들은 그 이유로 위험과 굶주림을 든다. 그들 중 한 사람은 아프가니스탄에서의 가장 높은 생활 수준이 이란에서의 가장 낮은 생활 수준보다 낮다고 했다. 나는 헤라트에서 그곳 주지사의 월급이 (2000년) 한 달에 15달러라고 들었다. 하루에 50센트로 4천 이란 리알화에 해당한다. 아프간 인들의 이민 때문에 인신 매매가 이란 밀수꾼의 또 하나의 직업이 되었다. 국경에 도착한 아프간 가족은 테헤란에 도착하기까지 먼 길을 가야 하는데 자볼, 자헤단, 케르만이나 루트에 있는 다른 도시에서 붙잡힐 가능성이 크기 때문에 그들은 자기들의 운명을 트럭을 몰고 다니는 밀수꾼에게 맡겨 버린다. 밀수꾼들은 테헤란으로 향하는 난민 한 사람당 100리알을 요구한다.

99퍼센트의 아프간 가족들은 이렇게 많은 돈이 없기 때문에 13, 14세 소녀들이 인질로 붙잡히고 나머지 가족은 테헤란으로 실려 간다. 소녀는 가족이 일을 찾고 빚을 갚을 때까지 붙잡혀 있게 된다. 대부분의 경우 가족들은 돈을 마련하지 못한다. 빚이 1천만 리알이고 10명 가족의 경우 3개월 후 겨우 이자를 갚을 수 있다. 그 결과 대다수 아프간 소녀들은 국경 근처에서 인질이 되어 남겨지거나 밀수꾼의 소유물이 되기도 한다. 그 지역 관리는 한 도시의 인질의 수가 2만 4천 명에 달한다고 말했다.

테헤란에서 건축 공사를 하는 내 친구가 아프간 노동자들에 대해 얘기한 적이 있다. 두 명의 이란인이 가끔씩 나타나 그들의 돈을 가져가는 것을 그가 목격했다는 것이다. 아프간 노동자들이 나중에 갚는 조건으로 밀수꾼이 그들을 테헤란으로 데리고 왔다는 것이다. 그들은 추방될 경우에 대비해 아프가니스탄에 있는 가족에게 가져갈 돈을 일부 저축한다고 했다. 파키스탄의 난민은 상황이 다르다.

이란으로 오는 난민은 하자레 족들이다. 그들은 파르시 어[22]를 쓰는 시아파다. 언어와 종교가 같은 이유로 이란으로 오고 싶어하지만 운이 나쁘게도 외모가 다르다. 몽골인을 닮은 그들의 외모는

---

22) 페르시아어, 팔라위 어, 다리 어, 파르시 어는 분명하게 구분되지 않는다. 파르시 어는 중기 페르시아 어로 통하며 현재 이란에서 쓰는 페르시아 어이고, 다리 어는 아프가니스탄에서 쓰는 페르시아 어로 이것도 때로는 파르시 어로 불린다. 아프가니스탄에서 공식적으로 사용되는 언어는 파슈토 어와 다리 어이다. 파슈토 어는 1936년에 공용어로 정해졌으나 다리 어도 행정과 상업에 사용된다. 아프가니스탄 인구의 35퍼센트가 파슈토 어를 쓰고 50퍼센트가 다리 어를 쓴다. 두 언어 모두 인도 유럽 언어 중 인도 이란 어에 속한다. 우즈베크와 투르크멘 어는 투르크 어에 속하는데 인구의 11퍼센트가 사용하고 있다. 이외에도 발루치 어, 파샤이 어, 누리스탄 어가 사용된다. 하나 이상의 언어를 사용하는 사람이 많으며 학교에서도 이중 언어 방침을 따른다. 파슈토 어와 다리 어는 아랍어 철자로 기록하는 것이 원칙이다.―옮긴이.

이란인들 사이에서 쉽게 눈에 띈다. 파키스탄으로 가는 파슈툰 족은 언어도 종교도 인종도 같기 때문에 파키스탄 인들과 섞인다. 시아파 하자레 족은 파키스탄이 이란보다 더욱 리버럴하다고 생각하지만, 그들에게는 이란의 고용 기회가 파키스탄의 자유보다 더 중요하다. 빵이 자유에 우선한다. 자유를 찾기 위해서는 우선 빵이 필요하다. 오늘날 자유를 찾는 이란 인들이 기아 위기를 겪었는가?

적당한 일자리를 찾지 못해 굶주린 수니파 파슈툰 족 아프간 인들은 음식과 잠자리를 제공해 주는 신학교에 이끌린다. 아프간 난민 문제를 조직적으로 다루지 않았던 이란과 달리, 파키스탄은 아프간 인들을 훈련시켜 '탈레반' 이라는 이름으로 위성 '정부' 를 세웠다. 파키스탄이 아프간 난민 문제를 심각하게 다루는 데는 이유가 있다.

첫째는 '듀란드 선' (line of Durand)[23]이다. 인도로부터 파키스탄이 독립하기 이전, 아프가니스탄은 인도와 국경을 맞대고 있었는데 파슈투니스탄 지역[24]을 둘러싸고 두 나라간에 심각한 갈등이 빚어졌다. 영국은 듀란드 선을 그어 그 지역을 두 나라로 나누면서 백 년 후 인도 지역의 파슈투니스탄이 아프가니스탄에 반환된다는 조건을 붙였다. 그후 파키스탄이 인도로부터 독립을 선언했을 때 파슈투니스탄 지역의 반을 차지하는 인도 인은 파키스탄 인이 되었다. 국제법에 따르면 약 6년 전 파키스탄은 아프가니스탄에 파슈투니스탄을 반환했어야 했다. 그러나 아직도 인도에 카슈미르를 요구하고 있는 파키스탄이 자기 국토의 절반을 아프가니스탄에 주려 하겠는가?

최선의 해결책은 굶주린 아프간 무자헤딘을 훈련시켜 그들이 아프가니스탄을 지배하게 만드는 것이다. 파키스탄에서 훈련받은 탈

---

23) 1893년 영국령 인도와 아프가니스탄 사이의 의사 국경선.—옮긴이.
24) 아프가니스탄 남부에서 파키스탄 북부 지역으로 주로 파슈툰 족이 거주.—옮긴이.

레반은 더 이상 자기 주인에게 파슈투니스탄을 돌려달라고 하지 않을 것이다. 탈레반이 백 년 기한이 끝나갈 무렵에 등장한 것은 이상한 일이 아니다. 멀리서 보면 탈레반은 비이성적이고 위험한 원리주의자들로 보인다. 그러나 그들을 가까이서 보면 직업이 신학교 학생이며 굶주림을 면하기 위해서 학교에 가는 파슈툰 족 고아들이다. 탈레반 출현의 동기를 살펴보면 파키스탄의 국익이 그 배경임을 알 수 있다.

간디의 민주주의 인도로부터 파키스탄이 독립한 것이 원리주의 때문이라면, 아프가니스탄의 희생으로 파키스탄이 존속하고 확장하는 것도 마찬가지 이유 때문이다. 소련 해체보다 파키스탄 문제가 더 중요한 이슈로 간주되는 것은 파키스탄이 동측 공산주의에 대항하는 서방의 첫 번째 방어 기지이기 때문이다. 소련의 해체와 함께 아프가니스탄 병사들이 서구 언론에서 영웅적 지위를 상실한 것처럼, 파키스탄도 전략적 중요성을 잃고 실업 문제와 직면하게 되었다.

사회학의 공식에 의하면 모든 조직은 무엇인가를 사고 판다. 이 정의에 따르면 군대는 군사력을 자국의 정부 혹은 타국의 정부에 판다. 서구와 관련하여 파키스탄의 국가적 역할은 무엇인가? 표면적으로는 동양의 군대 역할을 하면서 실질적으로는 서양의 군대로 미국에 군사력을 팔고 있다. 소련 해체 이후 파키스탄 군사력이라는 상품에 대한 서양의 수요도 줄었다.

그렇다면 파키스탄은 군사력을 어느 시장에 팖으로써 자기 역할을 계속 유지할 것인가? 이것이 파키스탄이 탈레반을 만들어 낸 이유이다. 즉 아프가니스탄을 보이지 않게 통제하고 파슈투니스탄 지역에 대한 아프간 인의 요구를 저지하기 위해서이다. 파키스탄이 실업 위기에 처해 있는 것도 이런 이유에서다. 감독인 내가 이란에서 영화를 만들지 못한다면 나는 내 일을 하기 위해 다른 나라로 갈 것이다. 군대도 마찬가지다. 대규모 전쟁이 발발하면 한 국가의 축적된 에너지가 군사 조직을 구성하는 데 전부 집중된다. 전쟁이 끝나면 군사 조직은 임무를 유지할 다른 시장을 찾는다. 시장을 찾지 못하면 좌절하거나 쿠데타를 일으키거나 경제적 조직으로 변화한다. 후자의 예가 군사 조직을 교통 관리나 농업, 도로 건설에 투입하는 국가의 경우이다.

세계적으로는 가끔 전쟁 물자에 대한 수요를 창출하기 위해 전쟁을 일으키기도 한다. 이민 문제로 돌아가 보자. 이란과 달리 파키스탄은 아프간 난민이 종교·정치의 학생들임을 이용하여 탈레반 군대의 기초를 세웠다.

소련이 침공하기 이전, 아프간 인은 목축민이었다. 소련의 공격으로 아프간 인은 자기들이 살고 있는 협곡을 지키기 위해 무자헤딘이 되었다. 여러 가지 조직과 부대가 결성되었다. 소련이 퇴각한 후 아프간 인은 목축으로 돌아가지 않았다. 새로 등장한 직업이 더 그럴듯하고 경제적으로도 매력적으로 보였다. 분파나 세력들이 서로 싸우기 시작했다. 인접한 6개국과 미국과 러시아가 각자 무장 집단 가운데서 자기들의 용병을 구했다. 그 결과 새로운 고용이 생겨났다. 내전은 격화되어 사상자가 소련 침공 때보다 많았다. 파키스탄이 탈레반 군대를 전면적 무장 해제와 평화를 모토로 백기를 들려 아프가니스탄으로 보냈을 때 전쟁에 지친 사람들은 크게 환영했다. 얼마 안 되어 탈레반은 아프가니스탄 전역을 장악했다. 탈레반의 뿌리가 파키스탄임이 드러난 것도 그때였다.

탈레반은 언제나 원리주의로 인해 비난받았지만, 왜 그들이 등장했는가에 대해서는 알려지지 않았다. 헤라트의 시인은 걸어서 이란으로 와서 걸어서 아프가니스탄으로 갔지만, 페샤와르까지 걸어 온 고아는 아랍 국가들이 제공한 토요타를 타고 아프가니스탄을 정복하러 돌아갔다.

파키스탄은 자국 국민의 부양 문제도 어려운데 어떻게 탈레반을 먹이고 훈련시키고 무장시킬 수 있었는가? 그것은 사우디아라비아나 아랍에미리트와 같은 아랍 국가의 도움으로 가능했다. 이들은 이란과 경쟁 관계에 있으며 메카에서 긴장을 유발시키기도 했다.[25] 이들은 이란에 맞설 만한 종교적 세력을 찾고 있었다. 사우디아라비아와 아랍에미리트는 자국의 현대적 이익이 이슬람 회귀주의[26]에 의해 위협받는다고 생각했다. 그들은 만일 이슬람으로의 회귀가 가능하다면 왜 탈레반과 같은 복고적 이슬람으로의 회귀는 불가능한가 하고 묻는다. 회귀 운동의 경쟁에서 승자는 가장 과거로 후퇴하는 자이므로 가장 원시적인 지점, 즉 탈레반으로 돌아가지 못할 이유가 없지 않은가?

오늘날 이민 문제는 문화 · 정치 · 경제 계획의 틀 안에서 검토되어야 할 문제이다. 예를 들어 터키 인 노동자들은 독일로 이주해서 독일인이 꺼리는 직종에 종사한다. 자녀 갖기를 기피하는 독일들과는 달리 터키 인은 자녀를 많이 낳아 수십 년 후에는 터키 인이 독일 인구의 다수를 차지할 것으로 예상된다.

이 때문에 독일은 터키 인의 정체성을 가지게 될 것이며, 선거에서 터키 인의 역할을 생각하면 아마 30년 후쯤에는 터키 인이 독일 수상이 되는 것도 상상할 수 있다. 이것은 터키 인 노동자에 대한 수요가 점차 독일의 국민적 정체성을 변화시키는 것을 의미한다. 이것이 역사적 아이러니이다.

미국에 이민 온 아시아 인과 아프리카 인도 마찬가지다. 초기에는 유럽 이민자들이 미국의 국민적 정체성을 결정했다. 그러나 아시아 인과 아프리카 인이 혁명이나 지적 · 경제적 성취를 이유로

25) 1978년 이란의 순례단이 메카에서 사우디 경찰과 충돌한 사건을 말한다.—옮긴이.
26) 1979년 이란의 이슬람 혁명을 말함. 이슬람 정신으로의 회귀와 이란의 자주 자립을 표방하였다. 오랜 기간의 팔레비 왕정의 압제와 탄압이 끝나고 이맘 호메이니가 돌아오면서 시민 혁명은 성공했다. 당시 희생자는 6만 명이 넘었다.—옮긴이.

미국에 이주하여 출산을 통해 인구를 늘려 왔다. 점차 유럽계 미국인의 정체성은 아시아-아프리카 인의 정체성으로 바뀔 것이다. 그 결과는 인종간 갈등으로 나타날 것이다.

만일 미국 사회가 '문명간의 대화'[27]를 환영한다면 그것은 아마도 미국 사회에 나타날 인종간의 갈등을 우려해서일 것이다. 이란 인이 생각하는 것과는 달리 미국의 컨텍스트에서는 그것은 문화간의 교류를 제안하는 것이 아니며 대화는 미국 문화 내에서의 국내적 문제일 뿐이다.

그렇다면 왜 원거리에서 다른 대륙을 위해 전략적 해결을 제시하는 이란의 지성들은 아프간 이민을 자신의 이익을 위해 이용하지 않는가? 이유는 아프가니스탄을 기회로 생각하는 파키스탄과 달리 이란 인은 아프가니스탄을 기회라기보다는 위협으로 간주하기 때문이다. 이란 인은 아프간 인을 늘 마약 밀매꾼 아니면 원리주의자로 본다. 어떻게 이란 자본가가 아프가니스탄의 기아 시장과 실업자를 투자 기회로 보겠는가? 아프가니스탄이 소비 시장이 되고 값싼 아프간 노동력을 사용하여 잉여 생산물을 수출한다는 것을 누가 상상이나 하겠는가?

아프가니스탄은 지형적 혜택도 받지 못했고, 또 인접국들과의 정치적 관계에 있어서도 항상 불운했다. 수년 전 스페인 독재자 프랑코에 대해 문제가 제기된 적이 있었다. 스페인의 인접국들은 민주적 정부를 수립했지만 프랑코는 강력한 독재를 실시했다. 그러나 인접국에 영향받아 스페인은 결국 민주적 정부를 가지게 되었고 오늘날 EC의 핵심 멤버가 되었다. 스페인의 예는 이웃의 영향으로 더 나은 삶이 가능하다는 것을 보여준다.

---

27) '문명의 충돌' 개념에 반대하여 1998년 9월 UN 총회 연설에서 하타미 대통령이 주창한 평화와 공존의 슬로건. 이슬람 문명과 기독교 문명의 화해, 예속이 아닌 상호 인정의 틀에서 인류의 화해와 협력을 주장했다.—옮긴이.

아프가니스탄은 자신을 위협으로 간주하거나 자국의 정치적·군사적 문제를 해결하기 위한 기회로 보는 이웃에 둘러싸여 있다. 만일 아프가니스탄이 자신을 경제적·문화적 기회로 보는 민주적인 이웃을 두었다면 지금쯤 더 나은 상황에 있었을 것이다. 파시스트 프랑코가 지배하던 스페인이 다행히 민주적인 국가들과 인접한 덕분에 변화한 반면, 진보적일 수 있었던 아마눌라 칸의 아프가니스탄은 인접 국가의 혜택을 받지 못하고 탈레반의 요새가 되었다. 아랍 속담 "이웃이 먼저, 집은 그 다음"이라는 말이 이 상황을 말해 준다.

탈레반은 누구인가?

사회학자들은 국민이 정부에 가장 우선적으로 요구하는 것은 치안 확보라고 한다. 다음으로 복지, 마지막으로 발전과 자유를 요구한다. 소련군 철수 후에 발발한 격렬한 내전은 국가 전체를 불안으로 몰고 갔으며 나라 전체를 극히 위험한 상황에 빠뜨렸다. 각 집단이 싸움을 계속하면서 자신들의 안전을 도모하려 했다. 그러나 어느 집단도 아프가니스탄에 안전을 가져오지 못했다. 아이러니는 모두가 나라 전체를 위험하게 만들면서 치안을 확보하려 했다는 점이다.

무장 해제와 평화를 내세운 탈레반을 민중은 환영했다. 다른 집단은 전쟁을 지속시키고 불안을 야기할 뿐이었다. 비록 헤라트 사람들이 파르시 어를 쓰고 탈레반들이 파슈툰 어를 쓰지만, 헤라트에서 내가 탈레반에 대해서 물어보았을 때 가게 주인들은 탈레반이 오기 전에는 가게가 매일 무장한 굶주린 사람들에 의례 강도를 당했다고 말했다. 탈레반을 적대시하는 사람도 그들이 평화를 가져온 사실에 대해서는 만족해 했다.

치안이 확보된 것은 두 가지 이유에서였다. 하나는 전면적 무장 해제이고, 다른 하나는 절도범의 손목을 자르는 식의 잔혹한 처벌이었다. 형벌은 모질고 가혹하고 즉각적이어서 헤라트의 2만 명의 굶주린 사람들 앞에 빵 한 조각이 놓여 있어도 아무도 가져가려 하지 않을 것이다.

나는 2년 동안 아프가니스탄을 들어오고 나가면서 한 번도 차를 잠그지 않았던 트럭 운전사를 보았다. 도둑맞은 적도 없었다. 아프간 인은 경제적 안정을 열망했을 뿐 아니라 일상 생활에서도 안전과 명예가 위협받지 않기를 원했다. 나는 탈레반이 오기 이전에 사람들이 다른 부족에게서 얼마나 많이 목숨과 정조를 유린당해 왔는지 들었다. 무장 해제와 돌을 던져 처형하는 식의 잔혹한 형벌 덕분에 그런 범죄는 감소했다.

여기 2천만 명의 굶주린 국민이 있다. 그 중 30퍼센트는 기아와 정정 불안으로 난민이 되어 떠났고, 10퍼센트는 사망했으며, 남은 60퍼센트는 굶어 죽어 가고 있다. UN 보고서에 따르면 백만 명의 아프간 인이 다가올 몇 달 안에 아사할 것이라고 한다. 오늘 당신이 아프가니스탄에 간다면 길거리에 쓰러져 있는 사람들을 볼 것이다. 누구 하나 움직일 힘이 없으며 싸울 무기도 없다. 잔혹한 형벌이 두려워 범죄도 저지르지 않는다. 유일한 구제책은 인류의 무관심 속에서 죽어 가는 것이다. 지금은 사디의 "모든 인간은 한 몸의 일부" 시대가 아니다.

아직 심장이 돌로 변하지 않은 유일한 사람은 바미얀의 석불이었다. 자신의 위대함에도 불구하고 그는 이 거대한 비극이 주는 굴욕감에 무너지고 말았다. 빵을 구하는 국민 앞에서 아무 도움도 되지 못하고 가만히 서 있기만 했던 부처는 치욕을 이기지 못하고 무너졌다. 부처는 이 모든 빈곤, 무지, 억압과 죽음을 세계에 알리기 위해 산산이 부서진 것이다. 그러나 무관심한 인류가 들은 것은 단지 불상이 파괴되었다는 소식이 전부였다. 중국의 속담이 생각난다. "손가락으로 달을 가리키는데 어리석은 자는 손가락만 쳐다본다."

아무도 부처가 가리키는 죽어 가는 사람들을 보지 못했다. 우리는 이렇게 그 손가락만을 바라보아야 하는가? 그것이 전달하려는 것이 무엇인지를 보아야 하지 않겠는가? 탈레반이나 원리주의의 무지가 아프가니스탄과 같은 나라의 운명에 대한 세계의 무지보다 깊은 것인가?

기아로 고통받는 아프간 인들을 촬영하기 위해 나는 방글라데시의 UN 대표 카말 호세인 박사에게 전화를 했다. 나는 아흐마드 샤마수드가 장악하고 있는 아프가니스탄 북부와 탈레반이 지배하고 있는 칸다하르로 가는 허가를 얻고 싶다고 했다. 몇몇 사람들이 모여 떠나기로 했는데 결국 내 아들(메이삼 마흐말바프, 영화 감독)과 나만 작은 비디오 카메라 한 대를 들고 떠나는 것이 허가되었다. 우리는 파키스탄의 이슬라마바드로 가서 일 주일에 한 번씩 북부와 남부를 오가는 10인승 UN 경비행기를 타기로 했다.

UN 사무소를 방문해서 언제 떠날 수 있느냐를 알아보는 데만 2주일이 걸렸다. 우리는 모든 준비가 끝났지만 그들은 다시 한 달을 기다리라고 했다. "한 달 후면 더 추워져서 죽는 사람도 많아질 텐데 그러면 당신 영화가 더 흥미로워지지 않겠는가?"라며 2월을 추천했다. 나는 "더 흥미롭다고요?"라고 물었다. 그들은 그렇게 되면 내 영화가 세계의 양심을 흔들어 놓을 것이라고 대답했다. 나는 아무 말도 할 수 없었다.

우리는 잠시 말을 잊었다. 나는 우리가 북쪽과 남쪽으로 모두 갈수 있는지 물었다. 탈레반은 동의하지 않았다. 그들은 저널리스트들을 좋아하지 않았다. 나는 기아로 숙어 가는 사람들을 촬영하는 일만 하겠다고 약속했다. 역시 탈레반은 허락하지 않았다. 내가 그들에게 파키스탄에 다시 들어가기 위해 UN으로부터의 초청장이 필요하다고 말하자, 잠시 후 내가 직접 테헤란에 있는 파키스탄 대사관에 가야 한다는 팩스가 왔다. 나는 「칸다하르」 영화에 사용될 의상을 페샤와르에서 가져오기 위해 대사관에서 파키스탄 입국 비자를 미리 받아두었기 때문에 다행이었다.

나는 파키스탄 대사관으로 갔다. 처음에는 환영받지 못했다. 잠시 시간이 지나자 누군가 내 이름을 불렀다. 고상해 보이는 여자와 남자가 방으로 안내했다. 20분 가량 그 방에 있었는데, 15분 동안 그들은 내 딸 사미라에 대해서 이야기하고, 또 딸이 영화에서 세계적으로 성공을 거두고 있다는 이야기를 했다. 그들은 핵심 문제를 회피하면서 이런저런 말을 하는 사이사이로 내가 왜 UN을 통해 비자를 신청했는지 그리고 내가 그들에게 직접 신청했으면 더 좋았을 것이라는 말을 했다. 덧붙여 탈레반 정부를 잘못 표현하는 영화는 좋아하지 않는다고 했다. 그들은 내가 아프가니스탄이 아니라 파키스탄으로 가기를 바랐다. 나는 마치 탈레반 대사관에 있는 것 같았다.

나는 그들에게 혹시 「사이클리스트」를 보았는지 물어보고 그 영화 일부를 페샤와르에서 찍었으며 정치 영화가 아니라고 강조했다. 내 의도는 인도주의적인 것이며 아프간 사람의 기아 문제를 돕는 데 있다고 했다. 내 영화는 실업과 기아에 대한 것이라고 거듭 말했다. 그들은 이란에도 250만 명 가량의 아프간 인이 있는데 왜 그들을 찍지 않느냐고 했다. 대화를 계속하는 것은 의미가 없었다. 그들은 내 여권을 보관하면서 가라고 했다. 며칠 후, 여권과 함께 내가 여행자로서 파키스탄에 입국한다면 비자는 발급되겠지만 그 비자는 영화를 촬영하거나 아프가니스탄에 가는 것을 위한 것은 아니라는 단서가 적힌 편지를 받았다. 대사관을 떠날 때 내가 탈레반에 대해 읽었던 것, 그리고 들었던 것이 눈앞에 스쳐 갔다.

내가 이란 인이라는 것이 밝혀지자마자 나는 페샤와르의 한 탈레반 학교로 안내되었다. 「사이클리스트」를 촬영하던 어느 날 나는 체포되고 수갑까지 채워진 적이 있었다. 왜 아프가니스탄에 대한 영화를 만들 때마다 결국 파키스탄으로 오게 되는지 알 수 없는 일이다!

사람들은 내게 조심하라고 했다. 국경에는 언제나 납치와 테러의 위협이 도사리고 있었다. 탈레반이 자혜단과 자볼 간의 루트에서 조금이라도 의심나는 사람은 사살한다고 했다. 나는 내 주제가 인도주의적인 것이며 정치적인 것이 아니라고 되풀이했다. 결국, 어느 날 국경에서 촬영이 끝나 정리하고 있는데 한 무리 사람들을 만났다. 나를 죽이거나 납치하려는 것이 분명했다. 그들은 마흐말바프에 대해 물었다. 나는 길고 가는 수염을 기르고 아프간 복장을 하고 있었다. 마수드풍 모자와 그것을 감싼 숄, 그리고 숄로 반이 가려진 내 얼굴은 나를 아프간 사람처럼 보이게 했다. 나는 그들을 다른 길로 보내고 뛰기 시작했다. 어떤 정치 조직이 그들을 보냈는지 아니면 밀수꾼들이 돈을 뺏기 위해 그랬는지 알 수 없었다.

치안 문제로 돌아가 보자. 탈레반은 무장 해제와 함께 절도범의 손목을 자르거나 간통한 사람을 돌을 던져 죽이거나 반대자를 잔인하게 처형하는 식의 잔혹한 형벌 도입으로 아프가니스탄에 표면적 안정을 가져왔다. 매일 두 시간만 방송을 내보내는 샤리아트 라디오(탈레반의 목소리)는 어디에선가 전투가 일어나도 치안 유지를 위해 방송하지 않는다. 한 예로, 타카르 시의 주민들이 탈레반을 환영했다고 말하면 그것은 탈레반이 타카르 시를 공격하고 점령했다는 것을 의미한다. 나머지는 금요일 기도나 바미얀에서 산적의 손목을 잘랐다는 소식이거나 칸다하르에서 간통한 사람을 돌을 던져 죽였다는 것, 서양의 이교도풍으로 십대들의 머리를 지른 이발사를 처벌했다는 내용이다. 그것이 무엇이든 간에 무장 해제와 형벌과 선동으로 일종의 범국가적 치안이 아프가니스탄에 자리잡히고 있는데 이는 탈레반 이전의 불안과는 다른 상태이다.

탈레반이 복지를 실현하기에는 아프가니스탄의 경제는 기반이 너무 약하다. 그러나 탈레반은 국민의 우선 요구 사항인 치안 안정을 가져올 수 있는 유일한 세력이다. 탈레반과 싸우는 세력은 치안을 위협하고 있고, 탈레반을 지지하는 자들은 아프간 인이 아프가니스탄을 통치해야 한다고 주장한다. 누가 아프가니스탄을 통치하든 간에 아프가니스탄에 치안을 가져올 수 있어야 한다. 모든 전쟁은 정정 불안을 야기하고, 부족주의적 경향이 지배적인 아프가니스탄에서는 누가 권력을 장악하더라도 치안은 위협받을 수 있다. 아프가니스탄을 통치하려는 자는 아프가니스탄을 우선 기아의 위기에서 구해 내고 다음 단계로 옮겨가야 한다. 사람들은 탈레반이 비난받는 것은 아프가니스탄에 자유가 없는 것과 무관하다고 생각한다. 왜냐하면 불안에 떨며 기아에 허덕이는 국민은 자유나 발전보다 복지를 더 간절히 원하기 때문이다.

탈레반이 누구인가에 대한 대답으로 정치적으로 그들은 파키스탄의 지원을 받는 위성 정부라는 것이 강조되어야 한다. 그들은 이전에는 개인적으로 파키스탄의 무자헤딘을 길러 내는 학교에서 훈련받은 굶주린 청년들이었지만, 굶주림을 해결하기 위해 들어가 나중에는 아프가니스탄에서의 정치적·군사적 입지를 확보하며 졸업한다. 어떤 정치 집단은 탈레반을 원리주의의 주창자로 보며, 다른 이들은 아흐마드 압달리 시대 이후 지금까지 아프가니스탄을 통치하는 유일한 부족, 파슈툰 족으로 본다.

오늘날 파슈툰 족은 자기들이 과거 250년간 세력을 행사해 왔음을 거듭 주장한다. 타지크 족이 지배하던 9개월과 타지크 족 랍바니가 통치하던 2년을 제외하고는 줄곧 자신들이 통치권을 가지고 있었으며 현재의 아프가니스탄은 자신들의 경험을 필요로 한다는 것이다.

나는 이 상황을 이해하지 못했다. 내 직업은 영화를 만드는 것이며, 내가 이 문제를 파고든다면 그때는 좀더 정확한 분석을 기초로 각본을 쓰고 싶기 때문이다. 나는 이 문제가 깊이 들어가면 들어갈수록 더 복잡하다는 것을 알게 되었다. 미국은 필요하다고 판단이 서자 이라크로부터 쿠웨이트를 3일 만에 탈환했다. 근대주의를 주창하는 미국이 왜 교육도 못 받고 사회적 활동도 못하며 부르카에 갇혀 지내지 않으면 안 되는 천만 여성에 대해서는 아무런 행동도 취하지 않는가? 미국은 현대에 출현한 이 야만성을 왜 막지 못하는가? 그럴 만한 힘이 없는 것인가, 아니면 동기가 부족한 것인가? 나는 답을 이미 알고 있다.

아프가니스탄은 쿠웨이트와는 달리 자원도 없고 거기서 나는 수익도 없다. 다른 대답도 있다. 미국이 몇 년간 더 탈레반을 묵인한다면 세계에 비추어질 동양의 이데올로기의 추악한 이미지는 모든 이들에게 거부 반응을 일으킬 것이다. 마치 아프가니스탄의 근대주의가 근대주의에 대한 거부 반응을 가져온 것처럼. 만일 이슬람의 보수적인 해석, 그리고 근대적 해석이 탈레반의 역행적 해석과 같다면 세계는 영원히 이슬람의 팽창에 대해 반발할 것이다. 이 분석을 진부하다고 생각하는 사람들도 있을 것이다. 그들은 더 이상 생각하지 말라고 한다. 나도 그럴 것이다.

물라 오마르는 누구인가?

칸다하르로 가는 여행은 끝이 없어 보이는데 어디서나 사람들은 물라 오마르(Mulla Omar) 얘기를 했다. 그는 '신도(信徒)의 지도자'로 불린다. 일부 이란 정치가들은 그가 이란의 징부에 대항하기 위해 만들어진 가공의 인물이라고 믿는데, 그의 개인 신상에 대해서 아는 사람은 없다. 어떤 이들은 그가 40살이며 한쪽 눈이 멀었다고 하지만 확인할 수 있는 사진도 없다. 어떻게 한 나라의 국민이 하룻밤 새 그의 사진도 보지 않고 자기들의 지도자로 선택했을까? 나는 물라 오마르에 대한 영화를 만들고 싶어졌다. 정치적 이유로 나는 그것을 다시 생각해야 했지만 내 호기심은 충족되지 않았다.

만일 파키스탄이 전쟁에 지친 아프가니스탄 사람들을 위해 '무장 해제'라는 제목으로 정교한 각본을 준비하여 그들에게서 지지를 얻으려 한다면, 파키스탄은 어떤 분석에 기초하여 이미지도 없는 물라 오마르라는 지도자를 만들어 내었겠는가? 전혀 알려지지 않은 누군가가, 사람들이 본 적도 없는 누군가가, 각 부족과 분파가 자기들의 지도자를 두고 있는 나라에서 그 나라 전체의 지도자가 되었다. 비밀은 여기에 있다. 만일 알려진 사람이 아프가니스탄의 지도자로 지목된다면 누구나 그를 반대할 이유를 한 가지씩 갖게 된다.

나는 국경 부근의 찻집에 대한 농담을 들었다. "찻집에 아프간 여러 부족이 정기적으로 모인다. 찻집의 텔레비전에는 와이퍼가 달려 있어서 필요하면 주인이 스크린에 물을 뿌리고 더럽게 묻은 것을 닦아 내기도 했다. 왜 그러냐는 질문에 주인은 이렇게 말했다. "국경 부근에서 시청할 수 있는 방송은 무자헤딘에 대한 프로그램밖에 없다. 그런데 텔레비전을 볼 때마다 어떤 부족의 지도자가 화면에 나오면 반대하는 부족들이 텔레비전에 침을 뱉어 대는데 그들이 연초를 씹기 때문에 침에도 색이 묻어 있다. 조금 후면 텔레비전 스크린은 볼 수가 없을 지경이 된다. 그래서 와이퍼를 고안해 냈다."

아프간 지도자들의 이미지는 이제 혹독한 비난과 풍자의 대상으로 전락했기 때문에, 아프가니스탄을 통치할 누군가가 필요하다면 그 최선의 방법은 이미지 없는 지도자를 만들어 내는 것이다. 그러면 아무도 그의 외모나 배경을 이유로 비난하지 못할 것이며 국경에 있는 텔레비전에도 와이퍼가 필요없게 될 것이다.

만약 부처가 느낀 치욕을 내가 수치스러워하지 않았다면 나는 이 글의 제목을 "아프가니스탄, 이미지 없는 나라"라고 했을 것이다. 내가 물라 오마르에 관해 물어본 사람들마다 오마르는 지상에 내려온 신의 대리자로서 인간의 법 대신에 코란을 아프가니스탄의 헌법으로 삼았다고 말했다. 그는 극히 경건하고 그의 추종자들도 그렇다. 그의 월급은 약 15달러로 헤라트 주지사의 월급만큼이나 보잘것이 없으며 그의 생활도 길거리에서 죽어 가는 사람들과 다르지 않다고 한다.

나는 이미지 없는 사람의 이미지는 완벽하고 호소력 있다는 것을 알게 되었다. 왜냐하면 동양에서는 누구도 지도자에게 현대적인 학식이나 전문 지식, 내정이나 국제 정치에 관한 의견을 기대하지 않기 때문이다. 지도자들이 평범한 사람과 비슷하게 보이는 것만으로도 사람들의 지지를 받기에 충분하다. 어떤 아프간 인은 자신이 굶어 죽어도 행복할 것이라 한다. 왜냐하면 오마르도 늘 단식을 했고, 그러므로 자기들은 서로 같다는 이유에서였다. 그런 지도자를 두어 신께 감사한다고 말했다.

헤라트에서 나는 의학교 학생과 이야기한 적이 있다. 그는 나와 이야기하는 것을 누가 볼까봐 주저했다. 나는 그에게 아프가니스탄에는 대학생이 몇 명이나 되는지 물었다. 그는 한동안 걷다가 앞을 똑바로 쳐다보며 천 명 정도 된다고 말했다. 전공이 무엇이냐는 질문에 의학과 공학만 있다고 했다. 내가 그의 전공을 묻자 그는 이론 의학이라고 했다. 그것이 무엇이냐는 물음에 그는 물라 오마르는 인간의 몸을 해부하는 것은 죄악으로 여긴다는 대답을 했다. 내가 그에게 오마르의 사진을 본 적이 있느냐고 묻자 그는 아니라고 말하고 떠났다.

파슈툰 어를 사용하는 난민 중 물라 오마르를 직접 보지는 못했지만 그를 본 적이 있다는 사람들을 안다는 사람을 만난 적이 있다. 나는 심지어 물라 오마르가 실제로 존재하며 잘생겼다고 믿는 이란 정치가들도 만났다. 밤에는 이란에서 자고 낮에는 아프가니스탄에서 대추야자를 팔러 국경을 넘는 아프간 사람들은 오마르에 열광하고 있었다. 그들은 오마르가 평범한 성직자로 어느 날 밤 예언자 모하마드의 꿈을 꾸었는데 모하마드가 아프가니스탄을 구하러 그를 보냈다는 것이다. 그들 말로는 신이 언제나 그와 함께하므로 그가 한 달 안에 아프가니스탄을 평정할 수 있었다.

아프가니스탄에서 국제 조직의 역할

아프가니스탄에는 약 180여 개의 국제 조직이 활동하고 있다고 전해진다. 내가 적십자사를 방문했을 때 그들 역시 나의 비정치적 질문을 회피했다. 결국 나는 그들이 무슨 역할을 하는지 알게 되었다. 하나는 굶주린 사람들에게 빵을 나누어 주는 일이고, 다른 하나는 북부와 남부의 포로들을 교환하는 것이며, 셋째는 지뢰 희생자들에게 의수와 의족을 만들어 주는 것이다.

국제 조직의 미미한 역할 따위는 곧 잊어버렸다. 한편 나는 적십자를 통해 이곳으로 온 젊은이들에 매료되었다. 19세 된 영국 소녀는 여기 온 이유가 "도움이 되기 위해서"라고 했다. 아프가니스탄에서는 매일 의수와 의족을 만들 수 있지만, 영국에서는 이렇게 큰 만족감을 주는 직업을 찾지 못한다고 했다. 그녀가 온 후로 수백 명이 그녀가 만든 의족으로 걸을 수 있게 되었다.

국제 조직의 역할은 사람들이 받은 깊고 큰 상처를 제한적으로 치료할 뿐 그 이상은 아니라는 생각이 들었다. 카말 호세인 박사는 아마 파키스탄 입국 비자 요청 때문에 당황했는지 더 이상 내게 전화하지 않았다.

어느 날 그가 내 사무실로 와서 자신이 맡은 일에서 어떤 느낌을 받는지 말하면서 모든 노력이 헛수고라며 내 조수가 되고 싶다고 하던 것이 생각났다. 「칸다하르」 영화를 완성한 지금도 나는 내 직업에 대해 무력감을 느낀다. 나는 보고서나 영화가 불붙인 지식의 작은 등불이 인류의 무지라는 깊고 큰 바다를 비출 수 있다고는 믿지 않는다. 앞으로 50년간 대인 지뢰에 손과 다리를 잃게 될 사람들이 19세 영국 소녀에 의해 구원받으리라고도 믿지 않는다. 그렇다면 그녀는 왜 아프가니스탄으로 간 것일까? 카말 호세인 박사는 그렇게 좌절하면서도 왜 UN에 보고서 쓰는 일을 그만두지 않는가? 왜 나는 영화를 만들고 이 글을 쓰는가? 나는 모른다. 그러나 파스칼이 이렇게 말했다. "이성이 모르는 이유를 마음이 알고 있다."

아프간 여성들, 세계에서 가장 억압받는 여성들

아프가니스탄은 가부장제 사회이다. 아프가니스탄 인구의 반을 차지하는 천만 여성의 권리는 가장 약하고 가장 알려지지 않은 소수 부족의 권리보다 적다고 단언할 수 있다. 이 점에서는 어느 부족도 예외가 아니다. 가장 개명된 타지크 족도 여성에게 투표권을 주지 않는다는 사실이 여성의 권리에 대해 말할 수 있는 최선의 것이다.

탈레반이 등장하면서 여학교는 폐쇄되고 여성들은 길에 다닐 수도 없게 되었다. 탈레반 등장 이전에는 20명당 한 명의 여성이 읽고 쓸 수 있었다. 이 통계는 아프간 문화가 여성의 95퍼센트에게서 교육의 권리를 박탈했고, 탈레반이 나머지 5퍼센트의 권리를 빼앗았음을 의미한다. 그렇다면 우리는 아프가니스탄의 문화가 탈레반의 영향을 받았는지 아니면 그것이 탈레반 등장의 원인이 되었는

영화 「칸다하르」에서

지 현실적으로 질문해야 한다.

아프가니스탄에서 나는 부르카를 쓰고 길에서 구걸하거나 중고품 가게에서 물건을 사는 여성들을 보았다. 내 관심을 끈 것은 부르카 밑으로 손을 내밀고 행상하는 남자들에게 손톱을 다듬어 달라고 하는 여성들이었다. 한동안 나는 왜 그들이 집에서 직접 손톱을 다듬지 않는 것일까 궁금했다. 후에 그것이 가장 돈이 적게 드는 방법이란 것을 알게 되었다. 손톱 매니큐어를 사는 것이 오히려 비쌌다. 부르카에 갇힌 여성들이 아직 삶과 아름다움에 대한 욕망을 잃지 않았으며 가난에도 불구하고 어느 정도까지 자신의 아름다움에 관심을 기울이는 것은 좋은 징조라는 생각이 들었다. 그러나 곧 나는 우리가 여성을 한 사회에, 환경에 혹은 특정한 복장에 고립시키고 가두어 놓고는 그 여성이 아직도 화장을 한다는 사실에 만족해하는 것은 삶에 대한 여성의 권리를 부정하는 것이라는 결론에 도달했다.

이것은 아프간 여성이 이런 감옥과 같은 삶 속에서도 남편의 다른 아내들과의 경쟁에서 완전히 잊혀지지 않기 위해 자신을 가꾸고 있음을 보여줄 뿐이다. 일부다처제는 젊은 층에서도 흔해서 많은 아프간 가정이 하렘으로 변했다. 지참금이 비싸기 때문에 결혼은 여성을 사는 것이 되어 버렸다. 영화 촬영 동안 노인들이 열 살짜리 딸을 주어 버리면서 받은 지참금으로 자기들이 다른 열 살 짜리 소녀를 데려오려 하는 것을 보았다. 얼마 안 되는 재산이 한 사람에게서 다른 사람으로 건네지면서 소녀들이 이 집에서 저 집으로 옮겨가는 것과 같았다. 이런 식으로 해서 부인과 남편의 나이 차가 30년에서 50년까지 나는 경우가 적지 않다.

이 여성들은 대부분 한 집에서, 심지어는 한 방에서 살면서 이 관습에 저항하기는커녕 길들여져 있다. 나는 영화를 위해 아프가니스탄과 파키스탄으로부터 옷과 부르카를 많이 가지고 왔다. 끈질

긴 설득 끝에 엑스트라로 등장하기로 한 여성들은 돈 대신 부르카를 달라고 요구했다. 그 중 한 여성은 자기 딸의 결혼식에 쓰도록 부르카를 달라고 했다. 나는 부르카가 이란에서도 유행하게 될까 봐 걱정되어 누구에게도 주지 않았다. 우리가 한 아프간 여성에게 영화에 출연해 달라고 부탁하자 그녀의 남편은 "우리가 아내를 사람들에게 내보일 정도로 부정한 사람들인가?" 하고 반대했다. 나는 아내에게 부르카를 쓰게 하고 촬영할 것이라 했지만 그는 관객이 부르카를 쓴 것이 여성이라는 것을 알기 때문에 부정하다고 했다.

나는 다시 의문이 들었다. 탈레반이 부르카를 가지고 온 것인가, 아니면 부르카가 탈레반을 부른 것인가? 정치가 문화에 영향을 주는가, 문화가 정치를 변하게 하는가?

이란의 니아탁 난민촌에서는 아프간 인들이 스스로 공중 목욕탕을 폐쇄했는데 그것은 담 밖으로 지나가는 사람들이 누구나 담 안에서 남자, 여자 들이 벗고 있다는 것을 알게 되며 그것은 곧 죄를 범하는 것이라는 이유에서였다.

현재 아프가니스탄에는 여성 의사라곤 전혀 없다. 여성 환자가 의사를 만나려면 아들이나 남편, 아버지와 함께 가서 그들을 통해 의사와 이야기를 나눈다. 결혼에 대해서도 신부가 아니라 아버지나 남자 형제가 결정권을 가진다.

아프간 인들의 폭력성

프로이트에 의하면 인간의 공격성은 인간에 내재한 수성(獸性)에서 비롯되며 문명은 이 수성을 얇은 껍질로 덮고 있을 뿐이라 했다. 이 얇은 껍질은 아주 사소한 인간의 갈등이 닿기만 해도 벗겨져 버리고 인간의 야성과 수성이 다시 드러난다. 나는 아무리 문명이 발전해도 폭력은 존재하며, 문명 속에서 폭력이 본질적으로 비폭력으로 변한 것이 아니라 그 폭력의 수단을 근대화했을 뿐이라고 믿는다.

칼이나 단검으로 목을 베는 것과 총탄이나 수류탄, 지뢰나 미사일로 죽는 것이 무슨 차이가 있는가? 폭력에 대한 비판은 대부분 실제로는 폭력 수단에 대한 비판이다. 오늘날 세계가 백만 아프간 인의 죽음을 폭력이라고 부르지 않는 것은 이 세계가 정의롭지도 공정하지도 못하기 때문이다. 내전과 소련과의 전쟁에서 아프가니스탄 인구의 10퍼센트가 죽은 것은 폭력이라고 불리지 않는 반면, 칼로 목을 베는 장면은 계속해서 위성 텔레비전 뉴스의 헤드라인으로 보도된다.

칼로 사람의 목을 자르는 장면은 혐오스럽다. 그러면 지뢰로 매일 일곱 명이 목숨을 잃는 것은 혐오스러운 일이 아닌가? 칼은 폭력이고 지뢰는 폭력이 아닌가? 현대의 서구가 '아프간 인의 폭력성'이라는 이름으로 비난하는 것은 폭력의 형식이지 그 본질이 아니다. 서구에서는 불상 하나가 파괴된 것에 대해 전인류의 비극이라며 슬퍼하지만 백만 명의 죽음은 통계로 남을 뿐이다. 스탈린이 말했듯이 "한 사람의 죽음은 비극이지만 백만 명의 죽음은 통계일 뿐"이다.

아프가니스탄은 부족주의 사회로 부족적 질서가 지배하고 있다. 부족들은 외국의 지배에 대해서도 맹렬히 저항했지만, 부족간의 이해로 인해 그들간에 갈등이 초래되어도 마찬가지로 서로 싸웠다. 아프가니스탄은 인종과 종족의 박물관으로 불리지만, 여행자들이 이 박물관을 찾은 적은 없다. 누군가 아프가니스탄을 거쳐 간다면 그것은 인도를 정복하려는 나디르 샤이거나 얼지 않은 바다를 차지하려는 소련이었다. 아프간 인은 폭력적인 사연에서 배운 것을 제외하면 자기 이외의 것으로부터 배운 것이라고는 폭력밖에 없다.

아프가니스탄 전쟁의 운명

아프가니스탄은 250년 전 이란으로부터 독립하여 150여 년 전 국가로 승인받았다. 약 100년 전 영국에 의해 듀란드 선으로 현재의 국경이 확정되었고, 77년 전에는 미숙한 근대주의를 경험하기도 했다. 20여 년 전에는 소련의 침공을 받았으며, 지난 10년 동안 내전에 휩싸였다. 그 동안 아프가니스탄 인구의 40퍼센트가 사망하거나 난민이 되었다.

그럼에도 불구하고 이 나라와 국민은 이웃으로부터 무시당하거나 위협으로 간주되었고 혹은 다른 나라를 위협하는 도구로 이용되었다. 나는 국경을 통과할 때 아프가니스탄을 향해 있는 이란 대포를 보았는데 아프가니스탄에서는 대포가 이란으로 향해 있었다. 두 나라가 서로 상대방을 적으로 여기고 있었다.

국경 다른 편에서는 그 지역의 군사령관이 이란 영사에게 전화를 해 자기들의 집은 진흙으로 지어졌는데 이란 대포가 무엇을 겨누고 있는지 물었다고 했다. 그는 이렇게 말했다고 한다. "당신들이 우리들 집을 박살내지만 우리는 비가 오면 젖은 진흙으로 집을 다시 짓는다. 우리가 대포로 당신네 좋은 집을 부수면 안타깝지 않겠는가? 우리는 비만 오면 집을 다시 짓지만 비가 내려도 당신들은 유리나 철, 도기를 만들어 내지 못한다. 그러니 차라리 이곳에 와서 우리를 위해 헤라트까지 도로를 만들어 달라."

도그하룬에서 헤라트로 차를 타고 갈 때는 파도가 심한 바다를 항해하는 느낌이었다. 페르시아 만에서 영화 촬영 도중 폭풍을 만났을 때가 떠올랐다. 파도는 우리 작은 배를 몇 미터씩 들어올리고 다시 물 위로 내던지곤 했다. 배 주인은 배가 뒤집히면 만사가 끝이라고 했다. 지금 그 파도를 다시 보았다. 그것은 먼지 파도였다. 도로가 시작되자마자 차가 언덕 아래로 내려가더니 다시 언덕 위로 올라갔다. 나중에는 다시 먼지 파도를 만났다. 이 지역은 평탄해서 아프가니스탄에서도 산이 없는 지역에 속하지만 도로는 이란의 산간 지방의 길보다 더 험했다.

파도 꼭대기마다 남자들과 소년들이 삽을 들고 서 있었다. 마치 환상 같았다. 그러나 내 눈으로 확인한 대로 이들은 현실이었다. 우리가 탄 차가 가까이 가자 그들은 땅에 파인 구멍을 흙으로 메우기 시작했다. 별 가치도 없는 아프가니(아프간 화폐) 지폐를 던져 주면서, 흙먼지 속에서 지폐가 흩어지는 모습이 「원스 어폰 어 타임 시네마」(Once Upon A Time Cinema)[28]의 낙엽이 흩어지는 장면과 같다는 생각을 했다. 손에 삽을 든 남자들이 흙먼지 속으로 사라지고 다시 무(無)로부터 자신들의 일을 창조했다. 그것은 내가 아프가니스탄에서 본 가장 초현실적인 장면이었다.

나는 운전수에게 차가 하루에 몇 대 정도 이 길을 다니느냐고 물었다. 그의 대답은 "약 30대"였다. 단지 자동차 30대 때문에 수천 명이 삽을 들고 모여 있는 거냐고 다시 물었지만, 그는 운전에 집중하느라 대답할 상황이 아니었다. 나는 라디오를 켰다. 라디오를 듣거나 텔레비전을 본 지 몇 년 되었고 마지막으로 신문을 읽은 것도 몇 달 전이다. 2001년 9월 23일 오후 두시였다. 이란 뉴스가 나왔다. 이란 어린이 200만 명이 오늘 학교에 입학한다는 소식에 눈물이 나왔다. 어린이들이 학교에 간다는 사실에 대한 기쁨 때문인지 아니면 학교에 못 가는 아프가니스탄 어린이들에 대한 슬픔 때문인지 알 수 없었다.

도로를 바라보고 있자니 영화를 보는 느낌이었다. 운전수는 이 근처 몇몇 개인 집에 여학교가 비밀리에 열려 여자 어린이들이 그 집에 가 공부한다고 했다. 여기에 영화 소재가 있다고 생각했다. 헤

---

28) 마흐말바프 감독의 1991년 작품—옮긴이.

라트에 도착해서 부르카 아래로 손을 내밀고 손톱 소제를 받고 있는 여성을 보았다. 이것도 영화가 된다고 생각했다. 사람들에게 도움을 주기 위해 위험한 이곳으로 온 열 아홉 살 영국 소녀도 있었다. 이 이야기도 영화가 될 수 있을 것이다. 지뢰에 다리를 잃은 남자들을 무수히 보았다. 그 중 한 사람은 의족 대신에 몸 왼쪽에 삽을 묶고 그것에 의지해서 걷고 있었다. 이것도 영화 소재였다.

헤라트에 도착하여 죽은 사람들이 온 거리를 마치 카펫처럼 뒤덮고 있는 것을 보았다. 더 이상 이것은 영화의 소재로 생각되지 않았다. 나는 영화 만드는 일을 그만두고 다른 일을 찾고 싶은 생각이 들었다. 아프가니스탄의 군사령관 마수드는 그의 아이들이 무엇이 되기를 바라느냐는 질문에 "정치가"라고 대답했다고 한다. 그도 해결책으로서의 전쟁은 이제 존재하지 않는다는 생각을 했음에 틀림없다. 아프가니스탄의 문제 해결은 군사적으로가 아니라 정치적으로 가능하다고 생각했을 것이다. 내 생각으로는 아프가니스탄 문제의 유일한 해결책은 여러 가지 문제를 엄밀하게 과학적으로 밝히며 자신들을 위해서나 다른 이들을 위해서 불투명하던 한 국가의 실제 이미지를 있는 그대로 내보이는 것이다.

실업 문제의 해결

공업국들은 국내 시장이 제품으로 포화 상태에 이르자 외국의 시장을 찾기 시작했다. 비공업국은 소비재의 값을 원자재나 노동력으로 지불했다. 이 게임에서 아프가니스탄은 산악 지형이라는 지리적 조건과 도로 부족으로 자원을 효과적으로 개발할 수 없었다.

목축 시대 이래로 합리적인 시스템이 부재했고 부족 사회의 공통적 특징이라고 할 수 있는 부족간 불화가 끊이지 않은 결과, 아프가니스탄은 재화와 서비스 교환 시장에서 노동력을 세계에 제공할 저력을 가질 수 없었다. 때문에 아프가니스탄은 국제적 생존 경쟁에서 소외되어 목초지에서 나오는 빈약한 수입으로 생존해 왔다. 소련의 침공은 전국적인 저항을 가져왔으며 목축민을 전사로 탈바꿈시켰다. 소련이 물러난 후 이들은 목축업으로 돌아가지 않았다.

한편, 내전은 권력 투쟁으로 인해 확대되고 격화되었다. 정정 불안은 심화되고 더 많은 사람이 피난길에 올랐다. 아프간 이민자의 30퍼센트가 도시에서 더 나은 생활을 경험하며, 한번 문명의 혜택을 누린 사람은 더 이상 목초지에 의존해서 살아가려 하지 않는다. 특히 자신들을 정기적으로 위협하는 가뭄 때문에도 돌아가려 하지 않는다. 이것은 아프가니스탄이 비록 역사적으로 정체 상태에 있기는 하지만 이제는 자신들도 국제적인 경쟁에 참가할 필요가 있다고 깨닫는다는 것을 의미한다.

생산 소비 경쟁에 참여하기 위해 즉각적으로 이용할 만한 자원이 무엇일까? 의심할 바 없이 그것은 값싼 노동력이다. 도로가 부족한 아프가니스탄에서는 천연 자원을 개발하는 것보다 노동력을 이용하는 것이 더욱 용이하다. 이제까지 아프가니스탄을 군사적·정치적 측면에 비중을 두어 바라보는 데서 벗어나 경제적 측면에서 조망하는 것이 필요하다. 고용이 현재 위기의 뿌리이자 해결책이라면, 마오쩌둥의 중국이나 간디의 인도, 일본의 경우와 같이 국가 차원의 정책을 통해 아프가니스탄은 국제 무역과 세계적 생존의 장(場)으로 진입할 수 있다. 아프가니스탄은 자신의 진정한 몫을 차지하고 그 비용은 노동력과 생산품으로 지불하면서 현대의 문명과 근대화의 혜택을 누릴 수 있다.

이런 시각에서 보면 아프간의 병은 더 이상 불행이 아니다. 아프간 의사들이 자신의 의술을 펼 기회이다. 전문의가 부족하다는 것은 불행이 아니다. 의사들이 훈련받을 기회이다. 기아도 불행이 아니다. 빵을 소비할 잠재적인 시장이다. 빵이 부족하다는 것도 불행이 아니다. 밀을 생산할 기회이다. 밀이 부족한 것도 불행이 아니다. 물을 활용할 기회이다.

물을 인공적으로 관리하는 것은 댐이다. 노동력은 댐을 만들고, 댐은 밀을 의미한다. 밀은 빵이다. 빵은 사람들을 기아로부터 구한다. 사람들을 구하고 남은 것은 잉여분이다. 그 잉여분에 발전의 가능성이 있다. 발전은 곧 근대적 삶을 의미한다. 스탈린은 "한 사람의 죽음은 비극이지만 백만 명의 죽음은 통계"라고 했다.

열 두 살 짜리 아프간 소녀, 내 딸 한나와 같은 나이의 소녀가 내 품에서 기아로 떨고 있는 것을 본 이후 나는 세계에 처참한 기아의 비극을 드러내 보이려 했지만 언제나 통계를 제시하는 것으로 끝났다. 신이시여! 나는 왜 이렇게 무력하단 말입니까! 마치 아프가니스탄처럼. 나는 헤라트 시인의 시, 바로 그 방랑을 떠올린다. 그 시인처럼 나도 어딘가에서 길을 잃고 싶다. 나는 바미얀의 석불처럼 치욕감을 못 이겨 차라리 무너져 내리고 싶다.

나는 걸어서 왔고 걸어서 떠난다.
저금통이 없는 나그네는 떠난다.
인형이 없는 아이도 떠난다.
나의 유랑에 걸린 주문도 오늘 밤 풀리겠지.
비어 있던 식탁은 접히겠지.
고통 속에서 나는 지평선을 방황했다.
모두가 지켜보는 데서 떠도는 사람은
나였다.
내가 갖지 못한 것들을
나는 놓아두고 떠난다.
나는 걸어서 왔고, 걸어서 떠날 것이다.

이란에서 추방되는 아프간 난민들에 대하여

친애하는 하타미 대통령께,

이란 인들은 20년간 우리의 손님이었던 아프간 인들을 갑자기 이란에서 추방하기로 결정했습니다. 이 결정이 가져올 인도적·정치적 차원의 결과를 무시하면서 말입니다. 지난 20년 동안 아프간 인의 30퍼센트가 기아와 정정 불안을 이유로 고향을 떠났습니다. 운명이 전쟁과 기아에 지친 그들에게 단호한 명령을 내린 것입니다. 떠나라는 명령을. 그러나 오직 그들 중 30퍼센트만이 그 명령을 따를 수 있었습니다.

이란은 250만 명의 난민을 받아들였는데, 이는 전세계에 흩어진 아프간 난민 전체의 40퍼센트에 해당합니다. 손님을 환대하기로 유명한 이란 인들은 굶주림과 전쟁에 지친 사람들을 따뜻하게 맞았습니다. 그런데 기아와 전쟁이 사라질 기미가 보이지 않는 지금, 이란 인들은 갑자기 그들을 내쫓기로 결정했습니다. 이런 결정은 심사숙고한 결과라기보다 절망에서 나온 행동이라고 보아야 할 것입니다. 중요한 사실은 극심한 가뭄과 기아 상황에서 국제 사회, 특히 이웃 나라의 관심과 도움이 다른 어느 때보다 절실하다는 것입니다.

우리 이란 사람들은 우리 자신이 주인 노릇에 지치면 우리의 손님들도 불확실하고 정처 없는 난민 생활에 절망하고 지칠 것이며, 만일 그들이 이런 치욕을 피할 길만 있다면 이렇게 감수하고 있지는 않을 것이라는 사실을 잊고 있습니다. 나는 영화 감독으로서도, 한 사람의 인간으로서도 아니라 당신의 동정심과 양심을 대변하는 목격자로서, 헤라트의 온 거리가 절망을 더 이상 견디지 못하고 죽어 간 난민들의 시체로 뒤덮이게 된 이유에 주목할 것을 호소합니다. 다음과 같은 통계가 아프간 인들이 겪는 비극을 드러내 줄 것입니다.

1. 지난 20년간 아프가니스탄에서는 기아와 전쟁으로 250만 명이 사망했습니다. 이것은 아프가니스탄이 사람이 살기에 적합하지 않은 환경이며, 이곳에서 살해당하거나 심하게 다칠 확률이 10퍼센트에 이른다는 것을 의미합니다. 지난 20년간 끊임없이 5분마다 아프간 인 한 사람이 사망하거나 살해되었습니다.

2. 지난 20년 동안 650만 명의 난민이 있었는데, 이는 아프간 인구의 30퍼센트가 자기 나라를 떠나지 않을 수 없었다는 것을 말합니다. 통계에 의하면 지난 20년간 일 분에 한 사람이 전쟁이나 기아로 난민이 되어 아프가니스탄을 떠났습니다.

3. 사망률과 난민의 수는 심한 가뭄으로 최근 수년간 크게 증가했습니다. UN의 전문가들은 내년 아프가니스탄에 기아가 대규모로 닥치는데, 그것은 25년 전 아프리카에서의 그것보다 더 혹독한 것이 되리라고 예상합니다. 그러나 국제 사회는 그렇게 효율적인 방송이나 정보 서비스를 이용할 수 있으면서도 자국의 관심사가 아니라는 이유로 이런 비극을 완전히 무시해 버립니다. 아프가니스탄의 비극에 대한 오늘날 '지구촌'의 반응은 25년 전 아프리

카의 기아에 대해 국제 사회가 보여준 그것에 훨씬 못 미치는 것입니다.

불상의 파괴는 수백만 아프간 인들의 죽음보다 더 사람들을 분노시켰습니다. 자기 나라와 국민의 이익 때문에 다른 이들의 운명에 무관심하기로 결정했다면, 우리 이란 인들은 아프간 사람들에게 닥친 비극에 대해 냉정히 대응할 수가 없습니다. 그들은 250년 전만 해도 이란의 일부였고, 지리적·정치적인 분리가 없었다면 우리는 지금쯤 아프간 인들의 고통을 우리의 고통이라고 말하고 있을 것입니다.

4. 이란에서 추방된 아프간 인들에게는 가족을 먹여 살리기 위해 마약 밀매꾼이 되거나 내전에 불을 지르고 있는 급진적인 파벌에 가담하는 것말고는 굶어죽는 것이 유일한 선택입니다. 그 불길은 누구보다 이란 인들에게 영향을 줄 것입니다. 이란 인과 아프간 인은 역사와 문화 유산을 공유합니다. 우리들 사이에 놓인 길을 아프간 어린이들이 작은 발로 걸어 왔습니다. 때로는 우리편에서 그곳으로, 때로는 그곳에서 우리에게 걸어 왔습니다.

이란의 대통령으로서 당신은 최근 이란과 아프가니스탄간의 무의미한 갈등을 억제하는 데 탁월한 지혜를 보였습니다. 이 지혜는 아프간 인들을 난민으로 내모는 이유를 해결하는 데 다시 필요합니다. 만약 우리가 이 상황을 잘 처리하거나 해결 방법을 제공할 수 없다면 최소한 기아 상태가 끝날 때까지만이라도 우리의 손님들에게 인내심을 가져야 합니다.

아프간 인을 추방하는 것은 의지할 데 없는 수백만 사람들을 기아와 전쟁의 땅으로 내쫓는 것과 같습니다. 이렇게 강제로 내쫓는 것은 세계적으로 알려진 페르시아 인의 친절, 지난 20년간 이웃인 아프간 인에게도 보여주었던 우리의 친절이라는 긍정적 이미지를

희석시킬 것입니다. 그리고 곧 당신의 동정심 가득한 영혼은 아프
간 이웃의 불행한 운명에 대해 슬퍼하게 될 것입니다.

2001년 6월

모흐센 마흐말바프 드림

이란에 있는 아프간 난민 어린이들의 문맹 퇴치를 위한 프로젝트에 대하여

하타미 대통령께,

프로젝트의 필요성

탈레반 점령 이전에도 아프간 여성의 95퍼센트와 남성의 80퍼센트가 학교에 다니지 못했습니다. 7년 전 탈레반이 아프가니스탄을 장악하기 시작할 무렵 이 통계는 100퍼센트에 이르렀습니다. 파키스탄으로 간 350만 명의 아프간 난민 중 극소수가 탈레반 신학교에 갈 기회를 가졌지만, 이 학교에서는 더 나은 삶을 사는 방법을 가르치는 대신 폭력을 가르쳤습니다. 굶주림을 면하기 위해 탈레반 학교에 들어간 어린이들은 학교를 마칠 때에는 무장한 탈레반 전사가 되어 거리에서 아프간 남자들과 여자들을 위협하게 됩니다.

가뭄이나 기아, 정정 불안, 원리주의의 압력 때문에 이란으로 도망쳐 온 250만, 300만 아프간 난민 중 5만 명 정도만이 거주 허가를 받습니다. 이들은 대개 난민촌에서 살게 되지만 예산 부족으로 난민촌에는 학교도 없습니다. 이들은 여전히 만성적인 문맹 상태에 있습니다.

이란에는 지금 250만 명 이상의 아프간 인이 불법 거주하고 있는데, 자기네 학교에도, 이란 인들의 학교에도 가지 못합니다. 지구상에서 학교가 없는 유일한 나라가 아프가니스탄입니다. 한 가지 희망적인 일이라면 지난 수년간 20만 아프간 난민 어린이들이 이란 인들의 학교에서 공부할 수 있었다는 사실입니다. 그들 부모에게 거주 허가가 있었기 때문에 가능했습니다.

지난 25년간 세계 열강이 폭탄 대신 책을 그들에게 퍼부었다면, 그들의 발 밑에 지뢰 대신 밀을 심었다면, 오늘날 우리는 750만 난민과 250만 사망자 그리고 원리주의의 생산과 확산을 목격하지 않아도 되었을 것입니다. 가까운 혹은 먼 장래에 반(反)부족적 혹은 민족 정부가 아프가니스탄을 통치하게 된다면, 아프가니스탄의 이해를 증진시키고 범민족적인 정부를 확고히 하기 위해서라도 그들은 읽고 쓸 줄 아는, 적어도 글을 아는 사람들을 필요로 할 것입니다. 그 동안 책과 언론을 박탈당했던 사람들이 읽고 쓸 줄 모른다면 어떻게 책과 언론을 이용하겠습니까? 아프가니스탄을 구하는 일은 아프간 사람들을 구하는 일이라는 것을 기억해야 합니다.

지난 20년간 아프가니스탄에서 시행된 모든 프로젝트는 발전보다는 손실을 가져왔습니다. 아프가니스탄의 발전은, 아무리 먼 미래의 약속이라고 하더라도, 오늘날에는 완전히 잊혀졌습니다. 지금 내가 설명하려는 프로젝트의 목적은 이란에 있는 최소 50만 난민 어린이들의 문맹을 퇴치하는 일입니다. 그들에게 교육은 불가결한 것이지만 허가도 안 되고 시설도 없습니다. 어린이 일 인당 30달러의 예산과 10개월의 집중적인 교육으로 우리는 그들을 문맹으로부터 해방시킬 수 있습니다. 10개월 동안 아프간 난민 어린이들에게 글을 가르치는 것은 무지를 미리 예방하는 것과 같습니다. 이것은 9월 11일 사태 이후 더욱 불안해진 그들의 나라로 어린이들을 돌려보낼 수 없는 상황에서, 그리고 국경 근처에 모여드는 난민들의 수가 갈수록 증가하는 상황에서 더욱 중요합니다.

'문명간의 대화'[1] 시기에 아프간 인들과 이웃, 그리고 다른 나라의 사람들간에 대화가 가능하려면 대화 수단이라는 전제 조건이 필요한데, 문맹이 어떻게 그것을 가질 수 있겠습니까? 오늘날 아프간 인과 이란 인의 운명은 서로 밀접하게 연결되어 있습니다. 또 아프간 인의 운명은 인류의 문명과 연관되어 있습니다. 아프가니스탄이 잊혀졌다는 것은 지난 20년간의 파괴적인 프로젝트가 계속되었다는 뜻이며, 그 결과는 세계 평화에 대한 위협입니다.

조만간 아프간 인들이 자기 나라로 돌아가면 읽고 쓸 줄 아는 사람들은 총탄이라는 언어를 사용하는 그들의 선생과 더 이상 말하려 들지 않을 것입니다. 그들이 굶주림과 정정 불안을 이유로 이란에 남는다면 이란 인들을 의식하여 자기들이 사용하기에 적합한 말을 배울 것입니다. 이란 학교에서 교육받은 모든 아프간 난민 어린이는 두 나라간의 문화와 우정의 대사로 행동할 것입니다.

이 프로젝트에 대한 실제 경험

작년 국경 부근에서 「칸다하르」 영화 촬영을 하는데, 영화가 무엇인지 모르는 난민 어린이들은 카메라를 보고 도망쳤습니다. 몇몇 여성들에게 영화에 협조해 달라고 설득하자 그들은 돈 대신 부르카를 요구했습니다. 그들은 아무리 아파도 다른 종족 출신 의사에게는 가지 않았습니다.

국경 근처의 니아탁 난민수용소에 있는 5천 명 난민들의 손은 사막처럼 마르고 길라지고 피투성이였습니다. 물이 부족하고 위생 시설이 없기 때문이었습니다. 우리가 가지고 있던 응급 처치용 크

---

1) 앞에 실은 글 「아프가니스탄의 불상은 파괴된 것이 아니라, 치욕스러운 나머지 무너져 버린 것이다」의 주 27) 참조―옮긴이.

림으로는 그들의 손을 치료하기에 부족해서 바셀린을 배럴로 샀습니다. 난민수용소 내에 대중 목욕탕이 있었지만 그들은 목욕을 하지 않았습니다.

그들 일부에 행동의 변화를 가져오기 위해 우리는 실험적인 계획을 시도했습니다. 우리는 이란의 '문맹퇴치운동' 단체에 도움을 청했습니다. '문맹퇴치운동'이 거주 허가증이 있는 난민들을 교육하는 것은 불법이 아니었지만 아프간 인들을 교육할 예산이 따로 마련되지 않았기 때문에 단체는 교사를 보내지 못했습니다.

「칸다하르」영화의 예산으로 5개월간 다섯 명의 교사가 모집되었습니다. 교사 한 사람이 하루에 한 시간씩, 한 반에 20명씩, 모두 합해서 100명의 어린이들을 가르쳤습니다. 페르시아 어로 읽고 쓰기뿐 아니라 개인과 가족 위생, 다른 이들과 어떻게 어울려야 하는지, 왜 폭력이 사라져야 하는지, 그리고 어떻게 해서 아프가니스탄이 지금의 상황에 이르게 되었는지를 가르쳤습니다.

몇 달 후 나는 수업 결과를 보기 위해 니아탁으로 갔습니다. 나는 결과에 놀랐습니다. 몇 년간 이란에 살면서도 작년까지 파슈토 어 외에는 다른 말을 할 줄 모르던 어린이들이 5개월 만에 페르시아 어를 배워 페르시아 어로 읽고 쓰며 우리에게 말을 걸었습니다. 그들은 더 이상 카메라를 보고 도망가지 않았습니다. 우리가 지난번 그들을 위해 가져온 크림과 바셀린은 손도 대지 않은 채였는데, 비록 수용소의 조건은 그대로였지만 그 동안 위생에 대해서 배웠기 때문에 모든 상황이 전반적으로 달라진 것입니다.

더 재미있는 것은 그들이 우리에게서 도망치고 공중 목욕탕에 가지 않은 것은, 그들이 아무것도 몰랐기 때문이며 페르시아 어를 모르고 폭력적인 행동을 했기 때문이라고 스스로 말하는 것이었습니다.

프로젝트의 비용

100명의 어린이를 가르치는 비용은 교사의 임금, 문구류, 칫솔과 치약 구입 비용, 각 반에서 가장 우수한 어린이에게 주는 상, 교실 공간을 빌리는 비용을 모두 포함하여 모두 120만 토만이며 어린이 한 명당 만 2천 토만입니다.

이 예산을 외국에 있는 문화원의 페르시아 어 교육 프로그램에 소용되는 사치스런 액수에 비교한다면, 그리고 페르시아 어를 확산하고 부활시킨다는 취지에서 열리는 쓸모 없는 이런저런 세미나 비용과 비교한다면 그 가치가 드러날 것입니다. 1만 2천 토만을 미국이 아프가니스탄에 쏘는 크루즈미사일에 쓰는 2만 달러에 비교한다면 그 결과는 분명합니다. 크루즈미사일 한 대 값은 13만 명의 아프간 난민 어린이들이 다섯 달 동안 읽고 쓰기를 배울 수 있는 돈입니다.

작년 유니세프가 이란에서 395개 교실을 여는 프로젝트를 실시했다고 알고 있습니다. 그것은 우리의 프로젝트와 유사하면서도 수준이 더 높으며 DEFD라는 국제 조직의 지원을 받아 시행된 것입니다. 교실은 수용소 외부에 지어졌으며, 이란 인 문맹자들을 대상으로 한 것이었습니다. 유니세프와 이란의 '문맹퇴치운동'의 합의에 따라 거주 허가증이 없는 아프간 난민 어린이들은 수업을 지켜보기만 하는 조건으로 교실에 들어갈 수 있었습니다. 이는 난민 어린이들의 수업 참가를 금지하는 규칙을 피하기 위해서입니다.

나는 이란 지역과 국경 지역 세 곳에 설치된 이 학교들을 유니세프와 함께 카메라를 들고 방문했습니다. 그 프로젝트의 결과는 놀라웠습니다. '문맹퇴치운동'은 프로젝트를 실행하고 유니세프는 감독을 했습니다. 보통 책들 외에 유니세프가 아프간 인들을 위해 고안한 특수한 교재가 사용되었습니다. 교재는 그들에게 살아가는 법, 어린이 대 어린이 교육, 위생 교육, 개인의 의사 결정 방법, 집단 상담, 건강한 사회에서 살기 위해 법이 필요하다는 것 등의 내용을 담고 있었습니다.

나는 자혜단 시 근처 가난한 지역의 모스크에서 수업이 진행되는 것을 보았습니다. '문맹퇴치운동'이 이란 어린이 10명을 위해 여는 교실이었습니다. 20명의 아프간 난민 어린이들이 교실 안에서 지켜보고 있었습니다. 100명의 아프간 어린이들이 4미터쯤 떨어져 앉아 교사가 하는 말을 듣고 있었습니다. 나는 어린이들이 왜 이렇게 앉아 있느냐고 교사에게 물었습니다. 대답은, 원래 수업은 10명의 이란 어린이를 위한 것이다, 20명의 아프간 어린이들은 학교에 갈 허가를 받지 못해서 성적표 같은 것도 없다, 4미터 떨어져 앉아 있는 100명의 어린이들은 이들 20명보다 더 자격이 없다는 것이었습니다.

파리에서 나는 세계의 문화 대사들이 이란에서 5개월 동안 50만 아프간 난민 어린이들을 일 인당 15달러의 비용으로 가르치는 프로그램을 승인해 줄 것을 유네스코에 요청했습니다. 일 인당 30달러면 10개월 동안의 집중적인 프로그램으로 이란의 아프간 난민 어린이들에게 초등학교 3년 과정을 가르칠 수 있습니다. 이것으로 이란에 있는 50만 아프간 난민 어린이들을 문맹으로부터 해방시킬 수 있습니다.

이 일은 '문맹퇴치운동'이 할 수 있습니다. '문맹퇴치운동'은 교사들을 통해 이 프로젝트를 쉽게 실행에 옮길 수 있습니다. 이 프로젝트의 이점은 다른 추가 비용 없이 일 인당 30달러면 된다는 것입니다. 이것은 100달러를 경영과 감독 비용으로 쓰고 정작 교육을 필요로 하는 사람에게는 10달러를 쓰는 기타의 프로젝트와는 구별되는 것입니다.

이란의 존경받는 대통령이 1, 2년 기간의 프로젝트에 관련해 이란의 '문맹퇴치운동'에 동의한다면 이란은 곧 아프가니스탄의 기본적 난제, 즉 기아와 문맹 문제를 풀어 가는 데 첫걸음을 시작했다는 영예를 안게 됩니다. 만일 유네스코가 아프간 난민 어린이들을 문맹으로부터 해방시키기 위해 5개월간의 프로젝트에 750만 달러, 10개월간의 프로젝트에 1,500만 달러를 할당한다면 우리는 문제를 해결하게 됩니다.

유네스코뿐만 아니라 다른 국제 조직과 외국과 국내의 기부자가 이 프로젝트의 예산을 지원할 수도 있습니다. 이란 정부는 어떤 지출도 부담할 필요가 없습니다.

마흐말바프 영화학교는 이란의 '문맹퇴치운동' 에 참여하기로 했습니다. 2년간 500개 학급의 아프간 어린이 1만 명을 가르치는 비용입니다. 이 중 150개 교실이 이란 내 12개 난민 수용소에서 곧 열립니다.

「칸다하르」 영화 때문에 여러 나라를 여행하는 동안 나는 영화를 본 사람들이 이란의 아프간 인들의 문맹 퇴치를 위해 작지만 한 몫을 하려는 것을 보았습니다. 그들은 계속해서 은행 구좌를 물었습니다.

존경받는 대통령인 당신에게 요청하는 것은 '문맹퇴치운동' 이 의미 있는 일을 하도록 허가해 달라는 것입니다. 지금과 같은 상황에서는 교육 과정이 1년에서 최대한 2년밖에 안 됩니다. 나는 유네스코에 이란의 아프간 난민들을 위해 예산을 승인해 달라고 요구했습니다. 유네스코가 보내 온 편지에 의하면 다행히 아프간 인들의 교육 문제에 협조하는 일에 대해 유네스코 사무총장이 열의를 보인다고 합니다. 이 프로젝트는 아프가니스탄의 '문맹퇴치운동' 의 기초가 될 것이며, 이 운동은 아프간 인들이 자기 나라로 돌아갔을 때 그곳에서도 계속될 수 있을 것입니다.

우리는 세계가 아프가니스탄을 잊은 지 수년이 되었다는 사실을 기억해야 합니다. 지금도 세계의 주목을 받는 것은 폭격이 계속된다는 사실뿐입니다. 아프가니스탄의 운명을 근본적으로 바꿀 수 있는 것은 바로 지금이라는 것을 잊어서는 안 됩니다. 조만간 세계 언론은 초점을 아프가니스탄으로부터 옮겨 다른 흥미로운 뉴스를 좇을 것입니다. 그렇게 되면 모든 것이 지금보다 힘들어집니다. 아프가니스탄에 대해서라면 "지금 아니면 안 된다"고 말해야 할 것입니다.

2001년 11월 3일
모흐센 마흐말바프 드림

그후……

2001년 11월 14일 하타미 대통령은 마흐말바프 감독에게 회신을 보내 이 계획을 적극 지지할 것을 약속했다. 이어 2002년 2월 1일자로 아프간 어린이들의 교육을 금지하는 법이 철회되었으며, 헌법 조항에 의거, 거주 허가증이 없는 아프간 어린이들에게도 교육을 보장하는 조항이 통과되었다.

한편, 이란의 교육부와 '문맹퇴치운동'은 기존의 인력과 시설, 교재를 이용하는 프로그램을 공동으로 실시하기로 했다. 외무부와 '문맹퇴치운동'은 아프가니스탄에 합법적인 정부가 성립되었을 경우 요청에 따라 아프가니스탄의 교사 교육을 위해 아프가니스탄에 인력을 파견하기로 했다. 특히 어린이와 여성 교육에 사용되도록 100억 리알의 예산을 교육부와 '문맹퇴치운동'에 배당했다.

우리는 누구를 비난해야 하는가?[1]

금요일. 나는 테헤란에 있다. 어제 아프가니스탄의 헤라트에서 돌아왔다. 헤라트는 15개월 전 탈레반이 점령해 있던 시기에 영화 「칸다하르」의 촬영 준비를 위해 비밀리에 간 적이 있다. 지난번 갔을 때는 2만여 명의 사람들이 기아로 죽어 가고 있었다. 이번에는 촬영을 위해 간 것이 아니었다. '아프간 어린이 문맹퇴치프로그램' (ACLP) 관계자들이 동행했는데, 우리는 마슬라크 난민촌에 학교를 세울 계획이었다.

헤라트는 여전히 황폐한 상태였다. 최소한의 수준이긴 하지만 국제 원조가 있어서 이제 아프간 인들은 더 이상 굶어죽지는 않는다. 그러나 여전히 영양 실조 상태였고 뼈가 살갗으로 튀어나올 정도였다. 그리고 혹독한 추위가 위협하고 있었다. 우리가 탄 비행기가 착륙했지만 계단에 달린 바퀴가 얼어 버려 우리는 내리지 못하고 문을 닫은 채 한 시간을 기다려야 했다. 200킬로미터 떨어진 난민 수용소에서는 추위가 더 심했다. 35만 명 정도의 난민들이 사막

1) 이 글은 9 · 11 테러로 인한 미국의 아프간 공격이 있은 뒤인 2002년 1월 11일에 마흐 말바프가 *The Guardian*지에 발표한 것으로, 원제는 "The Condemned"이다.—옮긴이.

한가운데에 있는 이 수용소에서 살고 있었다. 밤에는 어린이들이 동사하는 일이 많았다. 다음날 아침 그들은 바로 묻혔다. 한 어머니가 울면서 내게 말했다. "땅이 이제 내 아기의 이불이다."

나는 한 외국인 관리에게 이 수용소에서 사람들이 얼어죽는 것이 사실인지 물었다. 그는 대답이 없었다. 나는 한꺼번에 30명이, 거의 모두가 어린이였는데, 동사한 적이 있다고 들었다고 했다. "30이라는 수는 그런 일이 한 번이 아니라 30번도 더 일어났다는 것을 말한다." 그가 말했다. "하지만 35만 명과 비교하면, 특히 겨울에는 그런 대로 받아들일 만한 숫자이다. 수용소에서는 난민들이 한꺼번에 떼죽음당하지 않도록 조처를 해왔다."

여기서 그들을 죽이는 것은 누구인가? 추위인가? 아프가니스탄의 몰인정한 이웃인가? 세계인가? 국제 구호 조직의 능력 부족인가? 저 턱수염 남자들이 가고 넥타이를 맨 자들이 오면 상황이 나아지는가? 오사마 빈 라덴이 잡히면, 우리는 아프간 어린이들이 기아와 추위와 병으로 죽는 것을 더 이상 안 보게 되는가?

다른 관리가 다가와서 허가 없이 수용소 안에 들어가는 것을 막았다. 내가 자기 소개를 하자 그가 말했다. "당신이 「칸다하르」를 만들었다는 걸 알고 있다. 들어와서 당신이 어떤 영화에서도 못 본 것을 보시오." 그는 나를 수용소 한가운데에 있는 우물로 데려갔다. 누군가 우물 가장자리에 앉아 있었고, 다른 한 사람은 밧줄을 쥐고 걸어가고 있었다. 이 두 번째 남자가 아주 멀리 걸어갔을 때 우물 안으로부터 흙탕물이 가득 찬 물통이 앉아 있는 사람 앞에 나타났다. 그 사람이 물통을 잡았다. "보시오." 관리가 말했다. "이렇게 마른 땅에서 흙탕물을 끌어올리기 위해 저 사람은 밧줄을 당겨 저기 끝까지 가야 한다. 국제 구호 조직의 주장과는 달리 난민촌에는 아직 식수도 부족하다."

나는 다른 사람들에게 이 관리에 대해 물었다. 그가 누구인지, 얼마 동안 이 난민 수용소를 책임지고 있는지. 탈레반 점령 시기에는 그가 두 번째 책임자였다고 한다. 탈레반이 무너지고 수용소의 책임자가 도망가자 그가 그 자리를 차지했다고 한다. "그러니까 그 사람도 탈레반이었나?" 내가 물었지만 대답하는 사람은 없었다. "두 번째였던 사람이 첫 번째가 된 것에 대해 사람들은 아무런 불만이 없는가?" 역시 대답이 없었다.

헤라트에 도착한 우리는 음식을 사서 길에서 먹기 시작했다. 거지 한 사람이 와서 빵을 달라고 했다. 빵을 주자 그가 자기 이야기를 꺼냈다. 그는 한 달간 감옥에 있다가 얼마 전 풀려났으며 아내와 아이들을 먹여 살려야 한다고 말했다. 나는 왜 갇혀 있었는지 물었다. "나는 탈레반의 요리사였다. 그들이 나를 잡아서 고문했다." 그는 맞아서 멍이 들고 아직도 피가 나는 발바닥을 보여주었다. 피부가 벗겨져 걷기도 힘들어 보였다. 내가 물었다. "당신은 탈레반이었나?" "헤라트에는 탈레반이 300명 정도 있었다. 모두 도망갔다. 나는 그들에게 요리를 해주었다. 탈레반 점령 이전에도 나는 요리사였고, 앞으로도 요리사 일을 하고 싶다. 내 가족을 먹여 살려야 한다."

다음날 나는 교육부를 찾아갔다. 이미 우리는 마슬라크 난민촌에 천 개의 교실을 열기 위해 천 명의 교사를 고용하도록 되어 있었다. 한 학급당 학생 30명씩 가르칠 계획이었다. 그런데 우리는 천 명을 다 모으지 못한 상태였는데, 우리를 찾아온 교사들은 우리가 2주 전에 교육부를 통해 제시한 급여 조건을 받아들일 수 없다고 했다. 그들은 세 배를 요구했다. 이유를 물었더니 달러가 시장에 들어온다는 소식이 퍼진 후 아프간 화폐인 아프가니는 이전에 비해 가치가 3분의 1로 떨어졌다고 했다.

이 계획은 국제이민기구(International Organiation for Migration)가 후원하고 '아프간 어린이 문맹퇴치프로그램'이 실행하기로 되어 있었다. 마슬라크 난민촌의 어린이들 교육에 한 달에 5만 달러의 예산이 책정되어 있었다. 그런데 교육부장관은 우리에게 교사 천 명이 헤라트와 마슬라크간의 20킬로미터도 안 되는 거리를 통근하는 교통비조로 일 년에 35만 달러를 부담할 것을 요구했다.

헤라트의 주지사로 있는 이스마일 칸과 만나는 자리에서 국제이민기구의 두 번째 고위직에 있는 사람은 우리에게, 국제이민기구의 임무는 아프간 어린이들 교육시키는 데 있지 않지만 '아프간 어린이 문맹퇴치프로그램'의 일과 관련해서 기꺼이 우리를 돕고 싶다고 했다. 그러나 그들은 예산을 증액하지는 않을 것이라고 했다. 나는 그에게 아프간 교사들을 비난해서는 안 된다고 말했다. 그들은 아프가니스탄에 살며 아프간 화폐를 사용한다. 매일 생계를 유지하고 안전하게 하루를 보내는 것도 벅찬 문제인데, 이제 인플레이션이라는 짐까지 그들에게 더해졌다. 우리는 교사들을 헤라트에서 마슬라크까지 통근시키기로 하는 한편 난민촌 내에서 교사를 찾기로 했다.

우리는 마슬라크로 돌아왔다. 그곳의 35만 인구 중 글을 아는 사람은 카불 출신 여성 한 사람뿐이었다. 그녀는 서른 살로 아이가 여섯이었다. 그녀의 아버지가 옆에 서서 딸이 낯선 사람과 이야기하는 것을 지켜보고 있었다. 그녀는 얼굴을 완전히 가리는 부르카를 쓴 채로 어쩔 줄 몰라했다. 그것을 들어올렸다가 잠시 후에 이유 없이 그냥 내렸다. 내가 물었다. "아침에 두 학급을, 오후에 두 학급을 가르칠 수 있겠는가?" "나는 아무것도 못 먹었다. 가르칠 기운도 없다." "우리가 돈을 지불하겠다." "먹을 것을 달라. 그러면 가르치겠다. 그리고 우리 아이들에게도 빵을 좀 달라."

다음날 우리는 이스마엘 칸과 합의했다. 그는 우리에게 땅을 좀 내주었고, 우리는 그곳에 여자 어린이들을 위해 15개 학급의 초등

학교와 12개 학급의 중학교를 짓기로 결정했다. 아직도 부르카를 쓰고 있는 1만 2천 명의 여자 어린이들은 지난 7년간 학교 근처에도 가보지 못했는데, 이제 학교에 가기 위해 자기 이름을 등록하려고 헤라트의 교육부에 왔다.

우리는 그 부르카를 쓴 여학생들에게 학교를 지을 곳에 같이 가서 학교의 초석을 놓자고 했다. 내 친구가 내 이름을 부르자 여학생 한 명이 나를 알아보았다. 그녀가 다른 학생들에게 이야기했다. 아무도 「칸다하르」를 실제로 본 적은 없지만 다들 영화에 대해 한 마디씩 했다. 그들은 영화 내용을 페르시아 어 라디오 방송에서 들었을 뿐이라고 했다. 한 여학생이 영화 내용을 말했다. "한 아프간 여성이 너무나 절망스러운 나머지 자살을 기도하는 자기 여동생을 구하러 외국에서 고향으로 돌아가는 이야기다." 다른 여학생은 내가 헤라트에 온다는 것을 헤라트 라디오를 통해 들어서 알고 있었다고 했다.

테헤란으로 돌아오자 전화가 울렸다. 아는 사람이었다. 그는 신문을 읽었는지 물었다. 나는 아직 읽지 못했다. "「칸다하르」에 나온 배우가 테러리스트라는 보도가 났다." 사히브 역의 하산 탄타이가 전에 사람을 죽였을 것이라는 이야기는 이미 들어 알고 있었다. 내가 없는 동안 그가 테러리스트로 격상된 것 같았다. 나는 그에게 이것은 내가 아프가니스탄에서 진행하려는 프로젝트를 방해하려는 어리석은 소동일 뿐이라고 말했다. 그는 전화를 끊고 우리는 다시 일을 시작했다. 잠시 후 친구 하나가 같은 신문을 들고 들어왔다. 일면의 헤드라인이 「칸다하르의 스타는 테러리스트」였다. 15번에는 『타임』과 『워싱턴 타임스』인터넷 사이트를 복사한 것이 실려 있었다. 영어로 「칸다하르의 살인자」라고 나와 있었다. 이런의 국내 신문의 헤드라인은 「칸다하르의 배우가 테러리스트라는 말이 있다」였다.

"너는 그가 살인자라는 걸 알고 있었나?" 친구가 물었다. 그렇지 않다. 어느 법정도 그가 살인자라고 밝히지 않았다. 그러나 그를 닮은 누군가가 혹은 그가 정치적 암살을 자행했다는 이유로 기소되었다는 이야기는 들었다. 그 사람은 샤의 비밀 경찰 사바크의 유명한 요원을 살해했다는 죄목으로 기소되었다고 한다. 암살은 이란 혁명 때 미국에서 일어났으며, 사건 후 그는 이란에 망명했다고 한다. 그때는 이란 국민 전체가 사바크 요원들을 찾아 자신들에게 비극을 가져온 책임을 물어 응징하려는 시기였다. 마치 미국인들이 지금 알 카에다 대원들을 쫓듯이.

나는 그에게 미국에 있는 친구에서 온 팩스를 보여주었다. "내가 보기에 이 뉴스는 이란에 있는 누군가의 질투심에서, 또 한편으로는 미국의 비즈니스와 정치적 동기에서 나온 것 같다. 이 소문은 권위 있는 양대 신문, 『뉴욕타임스』와 『워싱턴포스트』의 이름을 합성한 『워싱턴타임스』라는 애매한 이름의 미국 우익 신문이 퍼뜨렸다. 이것은 이란이 공식적으로 아카데미 시상식에 입성하는 에피소드와 함께 생겨난 날조된 이야기로 계속해서 퍼뜨려지고 있다. 이란에 있는 누군가가 꾸며낸 것이 틀림없다."

내가 영화를 만들고 난 뒤면 늘 이런 이야기가 생겨났는데 이런 이야기는 매번 다른 그룹에서 나왔다. 한번은 왕정 지지자들, 한번은 이란에서 도망친 좌익 테러리스트, 다른 한번은 우익 이란 인들이었다. 독자적인 행동을 한 대가이다. 나는 보통 이런 일에는 침묵을 지키지만 나를 공격하기 위해 다른 누군가를 희생하는 것은 참을 수 없다. 이번 일이 그런 경우이다.

내 친구가 물었다. "그가 살인자라는 것을 알았더라도 너는 그와 함께 영화를 만들었겠는가?" 만일 「칸다하르」의 배우가 실제로 살인을 저지른 자라 해도 나는 영화를 만들어 그 속에서 미국인 살인자를 폭력에 대해 후회하는 개혁주의자로 바꾸어 놓겠다. 미국인들은 이 미국인이 살인자로 계속 남아 있어야 한다고 주장하는 것 같다. 20년 넘게 "미국에 죽음을!"이라고 외쳐 왔던 이란에서 나는 억압받는 흑인 미국인이 의술을 통해 모슬렘들에게 생명을 가져다 주는 것을 영화를 통해 보여주었다.[3]

내가 그가 살인자라는 것을 알았더라도 그와 함께 영화 작업을 했겠느냐는 질문에 나는 물론 그렇다고 대답해야 한다. 그가 살인자라는 것을 알았다면 나는 그와 함께 그가 저지른 살인에 관한 영화를 만들었을 것이다. 왜 문명화되고 풍요로운 미국에서 한 흑인이 정치적 암살을 자행하고 미국과 긴장 관계에 있는 이란과 같은 나라로 도망쳤는지 알아보기 위해서라도. 그를 만난다면 그런 영화를 만들어야겠다는 생각을 했다. 그러나 「칸다하르」의 사히브가 그 사람이라는 증거는 없다. 『타임』지는 하산 탄타이가 압드 알 라흐만과 동일 인물이라고 주장하는데, 이 잡지에 따르면 그는 미국에서 태어나 아프가니스탄에서 러시아군과 싸웠으며, 다우드 살라후딘이라는 이름으로 불리기도 했고, 그 전에는 데이비드 벨필드라고 불리었다고 한다.

나는 판사도 경찰도 FBI 요원도 아니다. 내가 만드는 영화는 성인(聖人)들의 영화가 아니다. 하산 탄타이가 사히브 역을 연기했을 때 나는 그가 격조가 있는 인간이라는 것을 알게 되었다. 작업에 참여한 모든 사람들이 그의 품성과 신념에 매혹되었다. 지금 이런 비난에 나는 전혀 충격을 받지 않는다. 그가 예전과 다르게 보이지도 않는다. 모든 종류의 폭력을 부정하는 나는 다른 이들이 현재 믿고 있는 것에 근거해서 그의 과거 행위를 비난할 수 없다.

내가 볼 때 하산 탄타이의 경우는 평화주의자 마하트마 간디의 법정에서 재판을 받는 무장 혁명가 체 게바라와 같다. 그러니 당시, 미국에 대한 흑인 미국인들의 불만의 골이 가장 깊던 그때, 그들의

---

3) 「칸다하르」의 내용을 말한다.―옮긴이.

선택은 간디가 아니라 체 게바라였다.

지금은 한밤중이다. 다시 전화벨이 울린다. 독일 친구이다. "축하한다." 그가 말한다. "좋은 소식이야! 『타임』지가 「칸다하르」를 올해의 10대 좋은 영화로 선정하고, 그 중에서도 최고 영화로 올려 놓았어." 내가 말한다. 정, 말, 로.

1974년 내가 열 일곱 살이던 해 나는 총을 쏜 일로 체포되어 14일간 감금되어 있었다. 감옥에서 샤의 비밀 경찰이 너무 잔인하게 고문하는 바람에 다시 100여 일을 경찰 병원에서 보내야 했다. 수술도 세 번 받았다. 27년이 지난 지금도 아직 고문 때문에 생긴 큰 상처가 네 개나 남아 있다. 내 몸의 20평방센티미터를 덮는 상처이다. 나를 고문한 사람 중 하나는 LA에 살고 있고, 다른 두 명은 워싱턴에 살며, 미국으로부터 정치적 망명 허가를 받았다고 들었다. 물론 그들이 공정한 국제 법정에서 재판을 받는다면 그들이 남은 생을 평화 속에서 살 수 있도록 나는 그들을 용서할 것이며, 사실 나는 이미 그들을 용서했다.

사바크는 수천 명의 이란 젊은이들을 고문했다. 9월 11일 이후의 세계에서 나는 친구에게 전화로 왜 『타임』지가 미국 정부에 묻지 않는가 하고 말했다. 미국 정부는 무엇 때문에 감옥에서 나를 고문하던 사람들을 공정한 법정에 세우지 않고 오히려 정치적 망명을 허가했는가.

이제 토요일이다. 나는 이 문제를 생각하면서 하루를 낭비했다. 어젯밤 늦게까지 자지 않고 글을 쓰느라고 늦게 일어났다. 내가 쓴 것을 번역해야겠다.

벨필드의 희생자 타바타바이의 동생은 70세 혹은 80세로 생의 막바지에 이르렀다고 한다. 그 사건이 일어난 지 20여 년이 지나 자기 형을 죽인 살인자를 찾고 있다. 그는 벨필드도 희생자라는 것을 이해하지 못한다. 자신이 굳게 믿었던 이상의 희생자라는 것을.

그가 이데올로기적 적을 향해 총을 쏘았을 때 그의 인간다움은 자신의 이상주의에 희생되었다. 살인자와 희생자의 조건이 바뀐다면 무엇이 달라질까? 아무것도 달라지지 않을 것이다. 복수심으로 괴로운 데이비드 벨필드의 동생은 지금쯤 타바타바이를 찾고 있을 것이다.

나는 물론 피고인을 법정에 세우는 것은 희생자 가족의 절대적 권리라고 생각한다. 그리고 그 사람이 진짜 데이비드 벨필드라면, 법정에서 나는 하산 탄타이에 대한 영화를 만들 수 있을 것이다. 이 이상한 이야기 뒤에 숨어 있는 훨씬 더 중요한 무언가를 보여주기 위해서. 내가 내 영화 「칸다하르」의 원칙적인 메시지, 즉 아프간 인들이 빈곤과 무지로부터 구하는 일을 따르는 동안, 호전적인 사람들은 영화의 등장 인물과 한 피고인이 비슷하게 생겼다는 이유로 발생한 어리석은 문제를 가지고 영화의 핵심과 의미를 흐리게 만들고 있다는 것은 아이러니가 아닐 수 없다.

만일 하산 탄타이가 벨필드라고 하더라도, 그의 방황하는 영혼은 「칸다하르」에 그려져 있다. 사히브는 진실의 길을 방황하며 한때는 무자헤딘 편에서 러시아군에 맞서 싸웠다. 그러나 그는 삶의 여정을 통해 점차로 폭력은 인간의 문제를 해결하지 못한다는 결론에 이르렀다. 그 결론에 도달한 그는 아직도 폭력이 인류의 유일한 해결 방법이라고 믿는 오늘날 정치 권력들보다 훨씬 멀리 앞서 있다.

탄타이는 「칸다하르」에서 자기는 신을 찾으려 했지만 아직 그를 발견하지 못했으며 그래도 계속 찾을 것이라고 말한다. 이것은 그만의 이야기가 아니다. 그것은 수없이 반복된 이야기, 끊임없이 진실을 찾지만 아직 발견하지 못하는 인간의 이야기이다. 벨필드는 세계 어느 곳에나 있는 열정으로 가득 찬 젊은이, 다른 이들의 자유와 생존을 위해 총을 쥐는 젊은이의 나이 든 사람 버전이다. 우리는 그를 비난해서는 안 된다. 우리는 인류 전체의 피할 수 없는 조건, 헤라트의 요리사의 조건, 자기 가족을 먹여 살리려 애쓸 뿐이지만 정부의 이데올로기가 바뀔 때마다 채찍질과 고문을 피하지 못하는 그의 조건을 비난해야 한다.

9월 11일 이전까지 아프가니스탄의 250만 사망자와 750만 난민을 철저하게 무시했던 무지한 신문들을 들여다보면서 나는 왜 이 세계가 아프간 여성의 95퍼센트, 남성의 80퍼센트의 문맹에 책임질 사람들을 법정에 세우지 않는가 하는 의문이 들었다. 탈레반과 다른 파시스트 정권을 생산하는 데 책임이 있는 자들은 왜 재판을 받지 않는가. 왜 전쟁과 대량 학살에 책임을 질 자들은 심판을 받지 않는가.

나는 그 이유가 진짜 살인자들은 세계의 리더들이기 때문이라는 결론을 내린다. 어떤 공정한 법정도, 인간의 양심도 '살인', '테러리즘', '범죄'와 같은 말의 의미를 정의하지 못한다. 그 말을 정의하는 것은 '살인', '테러리즘', '범죄'의 권력이다. 우리 시대는 도둑들이 강도당한 사람을 쫓아가며 "저기 도둑 잡아라!" 하고 외치고 있는 것과 같다.

갑자기 세계가 관심을 보인 이란 영화[1]

앨런 라이딩(Alan Riding)

11월 4일 파리에서

모흐센 마흐말바프 감독은 소설가이자 시나리오 작가, 감독으로서 현대 이란 영화의 중심에 서 있는 인물이다. 그가 감독한 영화는 대부분이 검열 대상이었다. 그는 영화제와 영화 서클을 제외하고는 서구에 아직 잘 알려져 있지 않다. 올해 칸 영화제에서만 해도 그의 최근작 「칸다하르」는 미래의 히트작을 찾는 대부분 비평가들의 눈을 끌지 못했다.

그러나 지금은 최근 일어나는 일련의 정치적 사건들과 함께, 탈레반 지도자 물라 오마르의 고향이기도 한 도시 이름과 같은 제목의 영화 「칸다하르」는 프랑스와 이탈리아에서 개봉하자마자 큰 반향을 불러일으켰다. 탈레반 점령하의 아프간 여성들의 고난과 아프간 인들의 비극을 고발하는 이 영화는 미국에서 1월에 개봉될 예정이다.

---

1) 이 글은 *New York Times*, 2001년 11월 5일자에 실린 마흐말바프와의 인터뷰 기사로, 기사의 원제목은 "Sudden Resonance for an Iranian Film About Afghanistan"이다.—옮긴이.

영화가 완성된 2월 이후 오늘까지 이 영화는 더할 수 없이 시의 적절한 것이 되었다. 몇 주 전만 해도 마흐말바프 감독은 어떤 기자로부터 왜 "그렇게 사소한 문제"를 주제로 선택했느냐는 질문을 받았다고 말했다. 지금은 「칸다하르」가 전쟁이나 테러의 폭력을 직접 다루지 않는데도 세계의 배급사들이 다투어 가져간다. 결국 감독이 건조하게 표현했듯이 「람보 3」와는 별도로 이것은 아프가니스탄을 배경으로 한 몇 안 되는 영화 중의 하나이다.

"내가 영화를 촬영할 때 아프가니스탄에 대해서 아무것도 모르는 사람들에게 어떻게 이야기를 전할까 고민했습니다." 감독은 테헤란으로부터의 전화 인터뷰에서 이렇게 말했다. "나 자신에게 이렇게 말했습니다. 가능한 한 많은 정보를 주어라. 영화 촬영이라는 것은 잊어버려라. 그래서 9월 11일 이전에 이 영화를 본 사람들은 정보가 많고 좀 복잡하며 과장되어 있다고 생각할 것입니다. 그러나 나는 극히 일부만을 보여주었습니다. 내가 본 것을 다 보여주었다면 아무도 믿으려 하지 않을 것입니다."

영화의 줄거리는 비교적 단순하다. 아프가니스탄에서 도망쳐 캐나다에 살고 있는 젊은 여성 나파스는 자기의 여동생을 구하러 이란을 통해 걸어서 아프가니스탄으로 들어가려 한다. 여동생은 천년의 마지막 일식이 나타나는 시기에 자살을 하기로 결심한다. 머리부터 발끝까지 부르카를 쓴 채 나파스는 한 난민 가족과 코란 학교에서 쫓겨난 소년과 독학으로 의사가 된 아프리카계 미국인, 나파스의 여동생처럼 지뢰로 불구가 된 한 남자의 도움으로 아프가니스탄으로 들어간다.

가끔 「칸다하르」는 다큐멘터리와 비슷한 느낌을 주는데, 그것은 대부분의 '배우'가 아프간 국경 근처 이란 동북부의 난민촌(영화 촬영도 거기서 진행되었다)에서 사는 난민들이기 때문만은 아니다. 나파스 역의 넬로퍼 파지라(28세)는 실제로 가족과 함께 1989년

아프가니스탄을 떠나 캐나다로 간 아프간
여성이다. 그녀는 1999년 탈레반 점령 시기
에 아프가니스탄에서 살고 있던 가까운 친
구의 절망적인 편지를 받고 그곳으로 돌아
간 적이 있다.

모흐센 마흐말바프

오타와에서 라디오와 텔레비전 기자로
일하는 파지라는 아프가니스탄에 혼자 들
어갈 수 없다는 걸 알게 되자 마흐말바프 감독에게 자기가 계획하
는 여행을 다큐멘터리로 만들자고 제의했다. 감독은 당시에는 받
아들이지 않았지만 일 년 후 그녀와 연락하여 그녀 이야기를 픽션
으로 만들 것을 제안했다. 다행히 그녀는 두 가지 말을 할 수 있어
서 난민들과는 아프간에서 쓰는 파르시 어로 말하고 녹음기에 자
신의 느낌을 메모하는 형식을 통해서는 관객들에게 영어로 정보를
제공했다.

영화는 좋은 반응을 얻었다. 그러나 참혹한 이야기를 전하는 영
화가 담고 있는 몇몇 아름다운 이미지는 비평가들을 곤혹스럽게
만들었다. 황량한 풍경 속을 떠다니는 여러 색깔의 부르카처럼. 올
봄 『뉴욕타임스』에 실린 기사에서 A.O. 스콧은 「칸다하르」와 우간
다 고아들의 이야기를 다룬 압바스 키아로스타미의 「ABC 아프리
카」는 둘 다 "눈부시게 시각적인 시(詩)의 순간들을 담고 있는데
이것이 인도주의적 메시지를 두드러지게 하면서 한편으로는 복잡
하게 만든다"고 썼다.

좌파 신문 『파리 데일리 리버레이션』의 영화 평론가 크리스토퍼
이아드 역시 실제로 다리를 잃은 사람들 수십 명이 국제적십자사
가 낙하산으로 떨어뜨리는 의족을 붙잡으려고 목발에 의지한 채
몰려가는 장면과 같은 "우아한 아름다움의 순수한 순간"을 인정했
다. "문제는 메시지와 카메라가 반대 방향으로 간다는 것이다." 그

가 덧붙였다. "부르카는 혐오의 대상이다. 그것은 당연하다. 그렇지만 영상에 나타난 부르카는 더할 나위 없이 아름답다."

그러나 마흐말바프 감독(44세)은 「축복받은 자들의 결혼」, 「가베」, 「침묵」, 「사이클리스트」 등 16편의 영화를 통해 그의 목적을 분명하게 드러낸다. 아프간 난민(그들 대부분은 파르시 어를 사용하는 하자레 족이다)들의 기아와 절망에 대해 세계와 이란이 관심을 갖게 하는 것이다. 이 난민들은 9월 11일 전까지 계속 테헤란 정부로부터 추방 협박을 받고 있었다.

"당국은 법대로 아프간 인들이 자기 나라로 돌아가야 한다면서 심지어 영화 상영을 중지시키려고 했습니다." 감독이 말했다. 영화는 마침내 테헤란의 두 개 영화관에서 상영되었다고 덧붙였다. "나는 모하마드 하타미 대통령에게 편지를 써 난민들이 아사하고 있으며, 우리가 그들을 돌려보내면 그들은 죽게 된다고 했습니다. 영화와 관련해서 문제가 너무 많았습니다. 도중에 촬영 장소도 바꿔야 했습니다. 그러나 내 초점은 정치적인 데 있는 것이 아니라 인도주의에 있습니다."

탈레반이 장악한 1996년 이전에도 아프카니스탄에서는 여자의 95퍼센트와 남자의 80퍼센트가 학교를 다니지 못했다. 난민 신분으로 그 상황은 나아지지 않았다. "파키스탄에서는 오직 탈레반 신학교에만 갈 수 있었습니다." 감독은 계속했다. "이란에서는 학교에 갈 수가 없었습니다. 작년에 100명의 난민 여자 어린이들이 학교에 보낼 수 있는 돈을 마련했습니다. 올해는 3천 명을 학교에 보내는 것이 목표입니다. 그들이 스스로 어떻게 해내는지 사람들에게 보여주기 위해 지금 다큐멘터리를 찍고 있습니다."

감독은 9월 11일 테러와 잇따른 아프가니스탄 폭격이 상황을 악화시켰다고 말한다. "나는 9월 11일 사태에 큰 충격을 받았으며 정말 슬펐습니다. 분명 탈레반은 세계에서 가장 위험한 정부입니다.

하지만 폭격은 아프간 여성들에게 도움이 되지 않습니다. 우리에게 필요한 것은 수동적인 반응이 아니라 아프가니스탄의 경제를 변화시키기 위한 적극적인 행동입니다."

아프가니스탄의 불행에 대한 마흐말바프 감독의 분노는 강렬했다. 9월 11일 이전에도 이미 그의 웹 사이트(www.makhmalbaf.com)는 그가 「칸다하르」를 찍고 나서 쓴 32쪽 짜리 글을 실었다. 경제·정치·역사적 분석을 담은 「불상은 파괴된 것이 아니라, 치욕스런 나머지 무너져 버린 것이다」라는 제목의 에세이에서, 그는 무력함이라는 개인적 느낌을 전했다. "「칸다하르」를 끝낸 지금도 나는 내 직업에 대해 무력감을 느낀다"라고 그는 썼다. "나는 보고서나 영화가 불붙인 지식의 작은 등불이 인류의 무지라는 깊고 큰 바다를 비출 수 있다고는 믿지 않는다."

"왜 나는 이 영화를 만들고 이런 글을 쓰는가?" 그는 덧붙인다. "나는 모른다. 그러나 파스칼이 말했듯이 이성이 모르는 이유를 마음이 알고 있다."

부시가 보고 싶어한 영화[1]

아이다 에드마리암(Aida Edemariam)

넬로퍼 파지라(Nelofer Pazira)는 가장 친한 친구가 보내 오는 편지가 요즘 들어 이상하다는 느낌에 걱정이 되었다. 그런데 1998년 4월 편지 한 통을 받자마자 그녀는 바로 아프가니스탄 국경으로 향했다. 디야나는 넬로퍼가 앞으로 두 사람 모두를 위해 반드시 살아야 하며, 탈레반이 점령한 카불에서의 자신의 삶은 더 이상 계속할 가치가 없다고 썼다. 디야나가 자살을 기도하는 게 아닌가 하여 넬로퍼는 캐나다에서 먼 길을 왔다. 자살을 막기 위해. 모흐센 마흐말바프 감독의 최근작 「칸다하르」는 파지라의 이야기를 토대로 하고 있으며, 학생이자 다큐멘터리 감독이기도 한 그녀는 이 영화의 스타이다.

아프가니스탄을 배경으로 하는 「칸다하르」는 이미 칸 영화제에서 가톨릭공회의 상(The Ecumenical Jury Prize)[2]을 수상했는데 마침 세계무역센터 폭격으로 갑자기 세계의 모든 사람들이 아프가

---

1) 이 글은 *The Guardian*, 2001년 10월 26일자에 실린 넬로퍼 파지라와의 인터뷰 기사로, 기사의 원제목은 "The film Bush asked to see"이다.—옮긴이.
2) 인류 평화와 인권을 주제로 한 작품에 대해 가톨릭 교회가 주는 상이다.—옮긴이.

니스탄에 대해 알고 싶어할 때였다.

　그후로 「칸다하르」는 40개국이 넘는 나라에 수입되었으며, 이번 주 이탈리아 박스 오피스에서 「A.I.」와 「물랭 루즈」를 누르고 정상을 지켰다. 월요일에는 조지 부시 대통령이 이 영화의 상영을 다급하게 요구했다.[3] 파지라는 세계 각지를 돌면서 영화에 대한 이야기를 하고 있는데, 그녀는 아프가니스탄에 파견될 문화 대사직의 유네스코 후보로 거론되고 있다.

　넬로퍼 파지라[4]는 오타와 근교에서 부모와 함께 살고 있다. 그녀는 자신만만하고 열정적이며 말할 때는 빠르고 조리 있게 말했다. 억양은 프랑스 억양이 있는 것 같은데, 실은 캐나다의 제2 공용어인 프랑스 어를 잘 못한다고 한다. 그녀의 모국어는 다리 어이며 우르두 어도 할 줄 아는데 영어는 1991년부터 배우기 시작했다.

　파지라는 카불 인근의 중산층 거주지인 샤레노우에서 자랐다. 그곳에서 아버지는 의사였고 어머니는 페르시아 문학을 가르쳤다. 디야나도 그곳에 살았다. "내게 나지불라 대통령의 공산 정권은 다른 이들에게 탈레반과 같습니다. 당시에 아버지는 정부에 대해 비판적이었기 때문에 자주 감옥에 갇혔습니다. 누구도 어떤 말도 할 수 없었습니다." 그녀가 말했다.

　1989년 넬로퍼가 열 여섯이 되던 해 그들은 더 이상 견디기가 어렵게 되었다. 온 가족은 열흘을 걸어 파키스탄에 도착했다. 그곳에서 일 년을 머무르고 마침내 뉴 브룬스윅 주의 몽턴에 정착했다. 디야나는 그들의 탈출에 대해 알고 있던 몇 안 되는 사람 중 하나였다. 그후 9년간 두 사람은 연락을 주고받았다. 넬로퍼가 영어와 저널리즘으로 학위를 마치고 석사 과정에 들어가는 동안, 디야나는 경제학을 공부하고 은행에서 일하고 있었다. 그녀가 다른 아프간

---

3) 백악관측의 요청으로 백악관에서 특별 시사회가 열렸다.─옮긴이.
4) 이름은 '수련'(water lily)이라는 뜻이고, 성은 '받아들이다'를 의미한다.─옮긴이.

영화 속의 넬로퍼 파지라

여성들과 함께 영원히 집으로 돌려보내져 우울증에 빠지기 전까지.

디아나의 마지막 편지를 받자 그녀는 '절망했다'고 한다. 이란엔 가 본 적이 있었다. 그곳에 있는 아프간 난민 수용소에서 현지 조사를 하기 위해서였다. 그리고 그때 만났던 가족이 기억났다. "그들은 나를 돕겠다고 했고, 도울 수 있다면 기쁘겠다고 말했습니다." 그들은 곧 국경을 넘어 아프가니스탄으로 들어갈 수 있었다. 그런데(그녀는 한결같은 어조로 말했다) "그때 그 가족들은 탈레반에게 고문을 당하고 있었습니다." 다른 곳에서 도움을 구할 수밖에 없는 상황에서 그녀는 모호센 마흐말바프 감독을 생각해 냈다. 1987년 「사이클리스트」라는 영화를 보면서 아프간 난민에 대한 연민에 감명받았던 그녀는 그를 찾아갔다. 안타깝게도 감독은 아프가니스탄에 대해 아무것도 모르고 있었다. 어쩔 도리가 없어 그녀는 캐나다로 돌아갔다.

일 년 후 마흐말바프는 그녀를 추적해 그녀에게 즉시 이란으로 오라고 했다. 그는 영화에 그녀의 도움을 필요로 했다. 그는 그녀의 이야기를 조금 빌리고 싶어했다. 캐나다 여성이 자기 여동생을 구하러 간다. 칸다하르에 사는 여동생은 지뢰로 몸이 불구가 되었고, 천 년의 마지막 일식이 일어나는 동안 자살을 하기로 결심한다. 파지라는 그 동안 마흐말바프가 아프가니스탄에 대해 얼마나 많이 공부했는지를 보고 놀랐다. 그는 이미 비밀리에 그곳으로 놀라운 여행까지 다녀왔다. 2개월 반 동안 그들은 이란 국경의 니아탁 난민수용소에서 영화를 촬영하면서 사막을 가로지르는 밀수꾼들의 루트도 찾아냈다. 모래 언덕은 오래된 것같이 보였지만 실은 3년밖에 되지 않은 것이었다. 그곳에는 밀이 재배되고 강이 흐르던 흔적이 있었다.

파지라 이외의 다른 배역은 마을 사람들에게 주어졌다. 때문에 문제가 좀 있었다. 우선 "그들은 마실 만한 물이 없고 전기도 없어서 모두 다 아픈 사람들이었어요." 그래서 파지라와 마흐말바프는 의사를 강제로 데려와 약을 나누어 주었다. 그 중 한 여성은 굶어 죽어 가고 있었다. "아픈 게 아닙니다." 의사가 말했다. "그냥 먹을 걸 좀 주면 됩니다." 그 여성은 「칸다하르」의 '배우'가 되었다. 아프가니스탄이 나오는 영화는 거의 없다. 러시아나 무자헤딘 선전 영화, 「람보 3」, 「제임스 본드, 리빙 데이라이트」, 「사이클리스트」가 전부이다. 텔레비전, 영화, 사진은 아프가니스탄에서는 금지되어 있다. 주민들은 영화라곤 본 적이 전혀 없어서 마흐말바프는 영화 상영하는 방을 만들어 그들에게 영화가 어떤 것인지를 보여주었다.

영화 촬영 준비가 다 되었지만 배우들이 문제였다. 아프가니스탄에서 높은 산 때문에 고립되어 살아온 세 부족이 이제 작은 마을에서 같이 살게 된 것이었다. 그들은 서로 말을 걸지도 않았다. 여성들은 부르카와 남편 없이는 촬영할 수 없었다. 매일 아침 몇 시간 동안 다리 어를 할 줄 아는 파지라와 마흐말바프가 이 집 저 집을 찾아다니며 신경 과민인 배우들을 설득해야 했다.

「칸다하르」에는 멋진 장면이 있다. 검은 부르카로 온 몸을 가린 여성들이 립스틱과 거울을 같이 보는 장면이다. 부르카 바깥 세상은 그 여성들의 화장한 얼굴을 보지 못하더라도 그들은 상관하지 않는다. 모스크에 나가는 모슬렘인 파지라는 영화 내내 부르카를 쓰고 있다. 이전에도 한 번 쓴 적이 있지만 특별한 경우였다. "물론 숨도 못 쉬어요. 그게 내 첫 번째 반응이었어요." 그녀가 연기하는 인물은 나파스인데 '숨쉬다'는 뜻이다. 부르카는 가볍긴 하지만 그걸 쓰고는 도대체 어떻게 할 수가 없다. 쓰고 있으면 자기 발이 안 보인다. 파지라는 계속 부르카에 걸려 넘어졌다. "하지만 시간이 지나자 나는 익숙해졌어요. 어느 날 우리가 사막을 걷는데 서서 우리를 지켜보는 남자들이 있었어요. 나는 부르카를 아래로 끌어 내리고 혼잣말을 했어요. '정말 멍청해! 여기서 뭐 하는 거야? 너한테 그걸 쓰라고 강요하는 사람은 아무도 없잖아.' 그리고 나는 다시 썼어요. 몇 걸음 더 가자 사람들이 나를 보더군요. 나는 그것을 다시 내렸어요. 이것이 얼마나 무서운 심리적 해악을 끼치는가 하는 생각이 든 게 바로 그때였어요. 왜냐하면 그건 당신을 무능력하다고 느끼게 하거든요. 자신감을 잃어버리는 거예요. 그러면 이제 다시는 자기 정체성에 대해서 생각할 필요가 없는 거죠."

물론 바로 이것이 탈레반이 의도한 것이다. 파지라는 영화를 위해 탈레반의 높은 사람을 인터뷰하면서 여성에 대한 생각을 물었다. "그들은 진정 여성을 보호받아야 하는 약한 존재로 생각하고 있었어요. 여성이 신으로부터 권리를 부여받았지만 그 권리를 위임해야 하는 사람은 남자라는 겁니다. 여성은 어머니나 아내로서만 적합해요. 여성의 가치는 천 루피 짜리 지폐와 같은데, 그것은 너무 귀중해서 바깥 호주머니에 넣고 다니는 대신 셔츠 안에 꽂아두거나 속에 보관한다는 겁니다."

영화를 만들기 시작할 때부터 마흐말바프와 파지라는 「칸다하르」에 폭력이 없어야 한다는 생각을 분명히 했다. 그러나 영화는 폭력의 결과로 가득 차 있어서 "놀이마저도 폭력적이다." 마흐말바프는 사람들을 지치게 하는 것 중의 하나가 놀이와 위협이 한데 얽혀 있는 것이라고 보았다. 어떤 식으로든 긴장을 늦추는 것이 허용되지 않는 나라에서는 놀이도 위협이다. 여자 어린이들은 인형을 만지지 못하도록 교육받는다. 지뢰일지도 모르기 때문이다. 의족이 헬리콥터에서 낙하산으로 떨어지자 목발을 짚은 남자들이 그것을 줍기 위해 비틀거리며 몰려간다. 마치 세 다리로 뛰는 달리기처럼. 파지라는 부즈카시라는 아프간 남자들의 경기에 대해서 들려

주었다. 폴로 경기와 비슷한데 말을 탄 사람들이 물에 흠뻑 젖은 죽은 양을 차지하려고 겨루는 것이다. 여기에서도 아프간적인 특징이 엿보인다. 팀 경기가 아니다. 혼자서 싸워야 하며 자기 이외의 다른 모두를 상대해야 한다.

「칸다하르」가 강조하는 것은 정치적 고난이 아니라 개인의 고난이다. 마흐말바프는 영화를 만든 이유가 다른 나라에 "아프가니스탄이 거의 존재하지 않기" 때문이라고 말했다. 그러나 그것은 9월 11일 이전의 이야기다. "이 영화가 이제는 다른 의미를 지닌다고 느껴요." 파지라가 말했다. "이제 세계는 관심을 보이지만 아프가니스탄을 이해할 수 있는 컨텍스트는 부족합니다." 그녀는 폭격에 단호하게 반대하며 아프가니스탄에서 각각 인도와 이란을 상대로 대리 전쟁을 치르는 파키스탄과 사우디아라비아가 탈레반에 대한 군사적 지원을 즉각 멈춰야 한다고 말했다.

일 년 전 그녀는 디야나가 아직 살아 있다는 것을 알게 되었다. 그러나 그 이후로 소식이 없다. 파지라는 석사 논문(아프간 난민 여성에 대해서, 그리고 남편이 부양 능력을 잃을 경우 아내와 남편의 역할이 어떠한가)으로 돌아가려 한다. 그러나 당분간은 해야 할 중요한 일이 있다는 것을 안다. 아프가니스탄에 대해 이야기하고 사람들이 이 영화에서 인도주의적 아이디어를 끌어내도록 하는 일이다. 아프간 인들이 문화적으로 경제적으로 기본적인 발전을 못한 채 황폐화되고 전쟁에 지쳤다는 것을 사람들이 이 영화를 통해서 알게 되기를 바라며.

아프가니스탄 약사

아프가니스탄은 중앙아시아에 위치하며, 그 역사와 문화는 5천 년을 거슬러 올라간다. 화려하고 혼란스러운 역사를 통해 이 땅은 여러 가지 이름으로 알려져 있다. 고대의 주민들은 아리아나라고 불렀다. 중세에는 코라산으로 불리었고, 현대에 와서 아프가니스탄으로 불린다. 정식 명칭은 아프가니스탄공화국으로 아프가니스탄이란 아프간 족의 땅이란 뜻이다. 파키스탄과 이란, 우즈베키스탄, 투르크메니스탄, 타지키스탄, 신장 자치구에 접한다. 정확한 인구는 아무도 모른다. 2,100만에서 2,600만 명 사이일 것으로 추정된다.

기원전 2000년 경, 아리안 족들이 이 땅을 아리아나라고 불렀는데, 카불도 이 시기에 도시로 형성된 것으로 보인다. 험한 지형과 혹독한 기후, 주민들의 끈질긴 저항 때문에 이 땅을 넘보던 정복자들은 모두 실패하고 돌아갔다. 때문에 아프가니스탄은 '침략군의 무덤'으로 불려 왔다.

기원전 500년 경, 이 무렵부터 다리우스 황제가 현재의 아프가니스탄 대부분 지역을 차지해 페르시아제국을 아프가니스탄으로 확대했지만, 지금의 칸다하르와 쿠에타 지역 부족들의 끊임없는 반란에 시달렸다.

기원전 329년, 알렉산더 대제가 아프가니스탄을 정복했으나 부족들을 지배하는 데는 실패하고 3년 만에 돌아갔다.

기원후 50년, 쿠산제국이 성립되어 불교 문화가 융성했으나, 6세기에 페르시아 인들이 현재 아프가니스탄 전역을 다시 지배하고, 7세기에 아랍인들이 이슬람을 들여오면서 아프가니스탄은 이슬람화되었다. 10세기에 아프가니스탄은 이슬람 문명의 중심이 되었다.

1219년, 징기스칸이 침략하여 관개 시설을 모조리 파괴한 이후 비옥하던 땅이 사막으로 변했다.

1370년, 티무르의 타메르라네와 1504년 무굴제국이 정복을 시도했지만, 아프간 인들은 저항을 계속하였다.

1736년, 페르시아의 지배자인 나디르 샤가 아프가니스탄 남서부를 지배했으나 1747년 나디르 샤가 피살당하고, 아프간 인들은 다시 봉기하여 아흐마드 샤 압달리의 지휘 아래 칸다하르를 되찾아 아프가니스탄을 세웠다. 아흐마드 샤 압달리(두라니)는 무굴을 패배시키고 페르시아 지배하에 있던 헤라트를 되찾아 영토가 델리와 아라비아 해까지 이르면서 아프가니스탄은 18세기 후반 최대의 모슬렘 제국이 되었다.

1750년, 코라산에서 아프가니스탄으로 국명이 바뀌고, 1773년 티무르 샤가 통치하기 시작하면서 수도가 칸다하르에서 카불로 옮겨졌는데, 이것은 부족간 대립 때문이었다.

1834년, 인도에서 시크 족이 침입, 페샤와르를 빼앗았다. 아크바르 칸의 지휘로 시크 족을 눌리쳤시만 내부 분열과 칸의 판단 착오로 페샤와르를 다시 찾지는 못했다.

1839년, 영국과 첫 번째 전쟁을 치렀다. 아미르 도스트 모하마드 칸은 저항했으나 결국 항복하고 인도로 추방되었다. 이후 샤 슈자가 영국의 꼭두각시 왕 노릇을 했으나 3년 뒤 아프간 인에 의해 살해되었다. 아프간 인들은 영국에 항쟁을 계속했으며, 마침내 1842년 1월 영국군에 대한 전면적 공습에 나서 영국-인도군 1만 6,500명의 병사 중 한 사람만이 살아남아 조랑말을 타고 잘랄라바드에 도착했다.

1843년, 영국군을 물리치고 아프가니스탄은 독립국이 되었으며, 도스트 모하마드 칸이 망명에서 돌아와 1863년까지 왕위를 유지했다.

1865년, 러시아가 침입하여 1873년 러시아와 아프가니스탄 사이에 국경선이 확정되었으며, 러시아는 아프가니스탄의 영토를 존중하겠다고 약속했다.

1878년, 두 번째로 영국이 침입했으나 격렬한 저항을 이기지 못하고 2년 후 철수한 뒤 아프가니스탄에 대한 외교권만을 유지하게 되었다. 이때 아프가니스탄의 국경선이 확정되었는데 결과적으로 많은 영토를 상실하게 되었다.

1885년, 다시 러시아군이 침략해 판지데 오아시스 지역을 점령했다.

1893년, 인도와 아프가니스탄의 국경선이 확정되고 많은 아프간 인들이 현재의 파키스탄에 살게 되었다.

1895년, 아프가니스탄 북쪽 국경선이 확정되고 러시아가 이를 보장하겠다고 약속했다.

1901년, 하비불라가 왕위에 올라 근대화가 시작되었다.

1918년, 최초로 신문이 발행되었다.

1919년, 하비불라가 살해되고 개혁 왕으로 불리는 그의 아들 아마눌라가 첫 번째 박물관을 세웠다.

1921년, 세 번째 영국과의 전쟁에서 아프가니스탄이 승리, 외교권을 되찾았다. 아마눌라는 개혁을 계속 추진했으나, 1929년 하비불라 갈레카니에 의해 제거되었다. 그러나 곧 나디르 칸이 하비불라 갈레카니를 제거하고 왕위를 차지하면서 아마눌라 칸의 개혁을 무효화시켰다.

1933년, 대학생에 의해 나디르 칸이 살해되고 그의 아들 자히르가 1973년까지 통치했으나 그 주위의 수상들은 거의 모두 삼촌들이었다. 자히르 샤는 제2차 세계대전 당시 중립을 선언했다.

1947년, 영국이 인도에서 철수하고 파키스탄이 탄생했다.

1949년, 아프가니스탄 의회는 듀란드 선을 부정하고 파키스탄과 아프가니스탄 국경을 인정하지 않았다. 한편, 파슈투니안 지역의 파슈툰 족은 독립을 선언했지만 세계는 이를 무시했다.

1955년, 수상에 오른 왕자 모하마드 다우드가 소련에 군사 원조 요청을 하자 흐루시초프와 불가리아가 아프가니스탄을 원조했다. 이를 계기로 아프가니스탄은 소련과 긴밀한 관계를 유지했다.

1959년, 여성에게 대학 입학과 취업이 허가되었다.

1965년, 아프간 공산당(PDPA)이 비밀리에 창설되었다.

1973년, 자히르 샤가 유럽 휴가를 떠난 동안 다우드 칸과 아프간 공산당이 쿠데타를 일으켜 정부를 전복시켰다. 다우드 칸은 새 헌법에서 여성의 권리를 보장했다.

1978년 5월, 친소 세력인 공산당(인민민주당)의 유혈 쿠데타로 다우드 칸이 살해되고 타라키가 대통령에, 카르말이 수상에 올랐다. 이는 나라 전체에 긴장을 고조시켰으며 다가올 내전의 발단이 되었다. 체포, 감금, 고문이 자행되었고, 타라키는 소련과 우호 조약을 맺었다. 6월부터 타라키 정부의 사회주의 정책에 반대하는 지방의 반란이 계속되면서 아프간 게릴라 무자헤딘 운동이 시작되었다. 1978년과 1979년은 학살의 해였다. 타라키가 살해되고 하피줄라 아민이 쿠데타로 대통령에 올랐으나 처형되었으며 바브라크

카르말이 대통령이 되었다. 그리고 소련이 침공했다.

1980년, 나지불라가 비밀 경찰을 이끌기 위해 소련에서 돌아왔으며, 정부군, 구소련군, 반정부군 사이에 내전이 확대되었다.

1986년, 나지불라가 대통령이 되었다.

1988년, 제네바에서 평화 협정이 체결되어 1989년 2월 15일 소련은 아프가니스탄에서 완전 철수하였다. 그 동안 소련이 잃은 병력은 5만이 넘었다. 소련군 철수 후 나지불라 정권을 축출하기 위한 내전이 일어났다.

1992년 4월 15일, 공산 나지불라 정권이 붕괴되었다. 무자혜딘은 카불을 점령하고 나지불라는 UN에 보호를 요청했다. 무자혜딘은 이슬람 국가를 설립하고, 이슬람 지하드위원회의 선거를 통해 부르하누딘 랍바니 교수가 대통령으로 선출되었다. 한편 300년간 수도를 장악하고 있던 파슈툰 족이 카불을 탈환하기 위해 반격을 시작하면서 내전이 격화되었다.

1994년, 탈레반이 등장, 급속히 성장하면서 랍바니 정권에 대항하기 시작하였다.

1995년 이후, 파키스탄의 지원을 받는 탈레반 세력과 기타 반군 연합 세력(북부동맹)간의 투쟁이 지속되었다.

1996년 9월 27일, 탈레반은 랍바니 정부를 타도하고 카불을 장악했다. 그러나 국제 사회는 랍바니를 인정했다. 탈레반은 카불에 입성하자마자 1992년 이래 카불의 UN 외교관 영내에 머무르던 나지불라를 극도로 잔인한 방법으로 처형했는데, 이는 카불 시민들에게 공포를 주기 위해 계획된 잔학 행위였다. 나지불라 처형 직후 탈레반은 카불 대학과 여학교에서 여학생을 쫓아내며 여성 교육과 노동을 불법화했다. 부르카를 입지 않으면 길에서 즉시 고문을 자행했다. 여성의 직업은 의료 분야에 예외적으로 한정시켰다. 그러나 남자 의사와의 접촉은 차단되었다. 흰색은 탈레반의 깃발과 같은 색이므로 흰색 양말은 신을 수 없게 했다. 인신 매매가 성행했으며, 남자는 수염을 깎으면 다시 자랄 때까지 감옥에 수감되었다. 텔레비전과 모든 스포츠, 아프간의 전통 경기인 부즈카시도 불법이 되었다.

1998년 2월, 북동부에 지진이 나서 4천 명 이상이 사망했다.

1998년 8월, 탈레반은 마자르 이 샤리프를 장악하고 민간인을 학살했는데 대부분이 하자레 족이었다. 탈레반은 적대 세력인 시아파 군과 우즈베키스탄 군벌의 근거지인 북부의 마자르 이 샤리프를 점령하면서 수천 명의 민간인과 병력을 학살했다. 이 지역 점령 직후 이란 영사관을 침입, 이란 외교관 11명과 기자를 살해했다. 탈레반에 대한 이란의 불신과 함께 이란과 탈레반간에 긴장이 고조되었다. 탈레반은 파키스탄의 지원을 받는 수니파들로 그 동안 이란의 지원을 받는 시아파들을 무참히 진압해 왔는데, 이란 외교관 학살 사건도 시아파에 대한 보복 과정에서 발생했다. 수니파와 시아파의 갈등은 오래된 것으로, 수니파는 파슈툰 족이고 시아파는 하자레 족이다. 이 갈등은 이슬람 내부의 갈등으로 이어져 탈레반 정권을 승인한 나라는 같은 수니파인 사우디아라비아, 파키스탄, 아랍에미리트연방뿐이었다. 외교관 살해 사건 직후 이란은 접경 지역에 정예 군대인 혁명수비대를 비롯 7만여 병력을 배치했으나 전투는 일어나지 않았다. 이란은 또 탈레반을 지원한다는 이유로 파키스탄을 비난했다.

1998년 8월 이후, 탈레반이 세력을 넓히자 구소련 독립 신생 공화국들(투르크메니스탄, 우즈베키스탄, 타지키스탄, 키르지스탄)은 러시아와 마찬가지 입장으로 이슬람 근본주의 세력이 발호하는 것을 경계하여 반 탈레반 동맹을 승인했다. 또 이들 국가는 비상 경계령을 발동하여 국경을 폐쇄하는 한편, 러시아는 이들 국가의 반 탈레반 정책을 지원하며 이들 지역에 추가 병력을 파견했다. 이란과 탈레반의 분쟁은 중앙아시아의 석유 문제와도 연관되어 있었다. 아야툴라 하메네이 이란 최고 지도자는 중앙아시아의 석유와 가스를 아프가니스탄을 거치지 않고 이란으로 바로 이어지도록 외교를 펼쳤으나, 미국의 유노컬 사와 탈레반은 중앙아시아의 자원을 아프가니스탄을 거쳐 파키스탄까지 공급하는 20억 달러 짜리 송유관 건설에 합의했다. 이에 이란은 미국의 음모를 주장했다.

1999년 2월, 동부에 지진이 발생, 3만여 명이 다치고 70여 명이 사망했다.

1999년 3월 15일, 탈레반과 북부동맹은 20년간 지속된 내전 종식에 합의하고, 9월 전왕 모하마드 자히르 샤는 평화 정착 방안을 마련하기 위해 최고 회의 로얄 지르가를 소집했다. 연합 전선은 이를 환영했으나 탈레반은 조소할 뿐이었다.

1999년 10월, UN의 결의로, 1998년 225명의 희생자를 낳은 케냐와 탄자니아 주재 미 대사관 폭탄 테러 배후 혐의를 받고 있는 오사마 빈 라덴의 신병 인도를 탈레반이 거부한다는 이유에서 탈레반에 경제 제재 조처를 내렸다.

2000년 12월, UN은 탈레반에 테러리즘 지원과 마약 생산을 이유로 추가적인 제재를 가했다. 러시아가 이때 이례적으로 미국과 공조한 것은 탈레반이 체첸 게릴라를 지원하고 있다는 판단 때문이었다.

2001년 2월, 모하마드 오마르는 "신은 하나뿐이므로 조각상이 숭배되어서는 안 된다. 현재나 미래에 우상 숭배가 있을 수 없도록 모든 조각상을 파괴해야 한다"고 말했다. 아프가니스탄의 바미얀 지역은 2세기부터 이슬람이 침입한 6세기까지 불교 문화의 중심이었던 쿠샨 왕조가 번성한 지역이며, 실크로드의 오아시스로서 불교, 힌두교 예술품이 남아 있다. 가장 유명한 것은 5세기 경 만들어진 53미터 짜리와 37미터 짜리 두 개의 석불이다. 이들은 쿠샨 불교 왕조 때 제작된 것으로 이슬람권 내의 불교 유적이다. 1996년 탈레반 집권 후에 공공연한 파괴로 얼굴 부분이 많이 훼손된 상태였다. 벽화도 남아 있으나 하자레 족 난민들이 내전을 피해 동굴 속에 정착한 이후로 거의 모두 훼손되었다고 전해진다. 바미얀은 징기스칸의 후손으로 알려진 하자레 족이 많이 모여 사는 지역이다. 시아파인 하자레 족과의 전쟁에서 수니파인 탈레반은 수 차례 패전한 경험을 가지고 있다. 하자레 족은 탈레반을 이슬람으로 인정하지 않는다.

2001년 3월, 탈레반은 카불 박물관의 고대 유물을 파괴하고, 가즈니 지역의 유적도 파괴하였으며, 마침내 국제적인 호소에도 불구하고 바미얀 석불을 탱크와 로켓, 폭발물로 파괴했다.

2001년 4월, 반군 지도자 아흐마드 샤 마수드는 반 탈레반 지지를 받아내기 위해 유럽을 방문했다. 그는 지난 1979~1989년 소련 점령 당시 반군 지도자로 활동했으며, 탈레반이 카불에 입성하기 전까지 랍바니 대통령 정부에서 국방장관을 역임했다. 고향인 아프가니스탄 북동부 판지시르 계곡을 중심으로 가장 강력한 반 탈레반 세력을 형성했다. 여러 무장 세력들의 고른 지지를 받은 그의 정치력이 없었다면 다양한 부족들이 복잡한 이해 관계로 얽혀 있는 북부동맹이 세력을 규합하지 못했을 것이다. 그러나 그는 1990년대 초 하자레 족의 학살을 주도했던 것으로 전해진다. 그가 이끄는 북부동맹의 최대 조직은 자미아트 이 이슬라미(이슬람회의)인데, 카불 대학 학생들이 주축이 되어 결성한 이 조직은 수니파인 반면 하자레 족은 시아파라는 것이 학살의 이유였다. 그는 2001년 9월 9일 일어난 자살 폭탄 테러로 15일 사망했다.

2001년 10월, 9월 11일의 세계무역센터 폭파 사건 이후 10월 미국은 아프가니스탄 공격을 시작했다. 미국이 탈레반 축출을 위해 북부동맹에 무기와 물자를 지원하고 탈레반의 군사 거점을 폭격하면서 전세는 탈레반의 패배로 돌아섰다.

　2001년 12월 22일, 탈레반 붕괴 이후 6개월간 아프가니스탄을 이끌 과도 정부가 출범했다. 중심 인물인 부르하누딘 랍바니 전 대통령은 파슈툰 족 출신으로 온건파 하미드 카르자이 수반에게 정권을 평화적으로 인계했다. 로얄 지르가가 소집되어 정부를 공식 승인할 때까지 카르자이 수반이 실질적 통치권을 행사하기로 했다. 로얄 지르가 소집에는 자히르 샤 전 국왕이 상징적 역할을 하며, 총리와 장관 등의 각료는 종족 구성 비율에 따라 구성된다. 자히르 샤는 1914년 카불에서 태어나 프랑스에서 유학했으며, 1933년 부왕인 나디르 칸이 암살당한 후 40년간 왕위에 있었다. 입헌군주제를 도입하려던 그의 계획이 왕족들의 반발을 초래했는데, 1973년 이탈리아 방문중 쿠데타로 실각했다. 카르자이는 반 탈레반 전투 경력도 있고 서방의 지지도 받고 있지만 탈레반 축출에 결정적 역할을 한 북부동맹과 그 지도자 랍바니의 존재를 의식하지 않을 수 없는 상황이다.